El Chico de las Estrellas

El Chico de las Estrellas

CHRIS PUEYO

Obra editada en colaboración con Editorial Planeta – España

© 2015, Chris Pueyo, del texto
© 2015, Editorial Planeta, S.A. – Barcelona, España

Derechos reservados

© 2016, Editorial Planeta Mexicana, S.A. de C.V.
Bajo el sello editorial DESTINO M.R.
Avenida Presidente Masarik núm. 111, Piso 2
Colonia Polanco V Sección
Delegación Miguel Hidalgo
C.P. 11560, Ciudad de México
www.planetadelibros.com.mx

Primera edición impresa en España: noviembre de 2015
ISBN: 978-84-08-14687-2

Primera edición impresa en México: marzo de 2016
Sexta reimpresión: mayo de 2017
ISBN: 978-607-07-3288-1

Impreso en los talleres de Imprimex
Antiguo Camino a Culhuacán número 87, colonia Santa Isabel Ind.
Delegación Iztapalapa, C.P. 09820, Ciudad de México
Impreso en México - *Printed in Mexico*

Este libro está dedicado a todos esos chicos
que tienen más amigas que amigos,
su voz suena más aguda de lo normal
y caminan distinto.
A los niños a los que llaman «maricón»
por los pasillos del instituto.
A quienes los defienden.

A todas aquellas personas que se marchan para volver.
A los que cuando llegan, comienzan.
A los valientes.

Este libro está dedicado a todo el que amó
incluso cuando ya no quedaban razones.

Pero sobre todo,
este libro es para ti, abuela.
De acero inoxidable.

La magia de librar batallas
más allá de lo humanamente soportable
se basa en lo mágico que resulta
arriesgarlo todo por un sueño
que nadie más alcanza a ver
excepto tú.

Million Dollar Baby

Empecé

a

soñar…

I

El Chico de las Estrellas

**Cuando del blanco de las paredes
salen estrellas.**

Recuerdo haber llegado a un mundo donde las tormentas eran tristes, donde los años pasaban y los meses no gritaban su nombre, donde las habitaciones eran blancas y los sueños llegaban descalzos y despeinados a Ninguna Parte.

Era un mundo muerto donde las madres no reconocían a sus hijos, besar era un secreto, y la vida, ese terreno resbaladizo donde el odio recae sobre los que somos sin miedo.

Era un mundo muerto que ni siquiera tenía ese espíritu bohemio o tempestuoso que, finalmente, puede resultar atractivo para melancólicos, borrachos o cantautores de nostalgia entretejida.

Y entonces entendí que había que cambiar el mundo.
Aprendí a soñar.

El Chico de las Estrellas no era especialmente guapo, ni demasiado alto, ni tremendamente gracioso, pero era la persona con más ganas de ser feliz que he conocido. Era yo.

Tampoco vivió más de dos años en una misma casa, fue un emigrante eterno. Llegué a pensar que nos perseguía la policía por el mundo muerto del que les hablo. Después, descubrí que solo era un problema de organización económica.

No era guapo, alto, ni gracioso. Por si fuera poco, no tenía hogar ni clara la idea del amor.

**Y lo mejor de vivir en un mundo triste,
fue transformarlo.**

El Chico de las Estrellas creó los tres antídotos de la supervivencia:

**De las tormentas tristes, respuestas.
De los meses del año, instantes.
Del blanco de las paredes, estrellas.**

Estos antídotos son míos, pero hoy también son tuyos. Y de toda esa gente con ganas de ganar guerras a mundos muertos. Te los regalo.

Me cansé de adultos inteligentísimos y personas que aconsejan asquerosamente bien. Me cansé de que tuvieran razón, de ese tono de voz que les impedía convertirse en los favoritos de nuestra historia. De vivir de consejos y experiencias ajenas. Del desamor de los demás, de las decisiones equivocadas que no me dejaban tomar. ¿Por qué?

Mi vida son mis decisiones. Sangrar o venirme.
Elijo vivir.

Que nadie me quite de vivir.

Yo soy quien elige cómo equivocarme. Yo, o una tormenta.

Cada vez que babea el cielo, El Chico de las Estrellas coloca dos vasos en el marco de la ventana. Uno de ellos es «Sí»; el otro, «No».

Entonces le pregunto al cielo. Arriesgo. Entonces el vaso lleno gana. Y mi vida se transforma en mis decisiones. Y disfruto. O me desgarro, pero feliz. Y sin esas personas que no te dejan equivocarte.

¿Cuándo aprenderemos que equivocarse es bueno?

Los años pasaban y los meses no gritaban su nombre. Así que les di voz.

Empecé a coleccionar los boletos mensuales del transporte público. Son pequeños billetes rojos con un mes del año en el reverso. Cuando termina abril, la gente normal compra mayo y abril lo tira a la basura.

Lo que la gente normal de este mundo muerto no sabe es que no hay que tirarlos. Que basta con un marcador, darle la vuelta al billete y escribir en él un momento especial. El mejor del mes. Guardarlo en una caja. Y empezar a creer en las fechas que marcan tu vida. El Chico de las Estrellas adora las fechas.

Lo que para algunos es diciembre de 2011, para mí es 18 en trineo. Lo que para otros es julio de 2012, para mí es un 5 en aquel concierto. Y lo que para otros es enero de 2013, para mí es un viaje a Londres para no volver. O para volver, pero siendo de verdad.

Les enseñaría decenas de mis meses-instantes en boletos de metro y autobús, pero es que son eso, instantes, y
caray, son míos (y del Chico de las Estrellas). Prometo que
les enseñaré alguno.

El último antídoto de supervivencia consiste en exorcizar-
te el alma. En filosofías de vida o religiones inventadas. En
ser un poco creativos o en soplarle a la luna cuando pides
un deseo. En darle el sentido a tu vida que quieras darle y
hacer, de las paredes, estrellas.

Siempre he creído que tu habitación tendría que tener
el color que tiene tu alma. El Chico de las Estrellas creó un
mundo nuevo, perfecto y a su medida en su habitación. Y
estoy segurísimo de que su alma es bastante así.

Embadurné mi habitación de un azul oscuro y brillan-
te, con unas gotas de plata en forma de estrellas, un azul
más cercano al morado que al verde, un azul cantábrico
cuando de madrugada se rebela el mar, un azul chulo. En
cada uno de mis cuartos.

¿Recuerdas que soy un emigrante eterno?

En cada uno de mis cuartos he creado constelaciones. Es
bonito imaginar toda esa estela de habitaciones con las paredes llenas de estrellas que he dejado a lo largo de mis veinte
años. Porque El Chico de las Estrellas tiene veinte años.

Si algún día tú, tu hermano pequeño o tu mejor amigo
encuentran un cuarto estrellado en los departamentos en
renta de Madrid, recuérdame. Y recuérdame solo si crees que
me lo merezco. Léeme despacito y fugaz. Déjame entrar pero

no me invites a dormir. Ten conmigo la cita que tendrías con esa persona a la que deseas para algo más que un buen rato pero te da miedo pedirle algo serio. Déjame romperte el corazón, porque te va a gustar. Quiero que hagamos esto bien, ¿sí?, y después, y solo si crees que me lo merezco, llámame así.

«Chico de las Estrellas.»
Un niño que lo perdió todo.

No sé cuándo conocí al Chico de las Estrellas. Me gusta pensar que él estaba en mí mucho antes de que yo lo descubriera, que me lo cruzaba paseando, que nos poníamos las mismas botas plateadas (las de los momentos especiales) y que él es el responsable de que mi número favorito sea el azul marino y de que mi color de la suerte sea el seis.

El Chico de las Estrellas y yo hacemos las mismas cosas porque somos el mismo muchacho.

Que es él quien escucha rancheras cuando está triste porque a mí me gustan las trompetas. Que se pintó el pelo de azul. Y rojo. Y rubio, rubísimo. Y que yo soy el castaño de ideas despeinadas. El que va a clase, colecciona instantes o le sopla a la luna (pidiendo un deseo, claro).

Me encanta pensar que es El Chico de las Estrellas el que vive y yo el que escribo; hacemos un buen equipo. *Escrivivimos.*

Me gusta… ¿y a ti, duendecillo?

(A propósito, ¿te importa si te llamo «duendecillo»? Te cuento. Tengo pensado romper la cuarta pared un poco, deshacerme de esa barrera imaginaria que hay entre tus ojos y estas páginas. En realidad lo haré bastante. Oh, ¿de veras? No pensé que fuera a gustarte tanto, duendecillo. Pensándolo mejor, creo que estoy siendo algo atrevido. ¿Qué te parece si te llamo «querido lector» hasta que tengamos más confianza? Entonces, perfecto. Sigamos, querido lector.)

Siempre he sido un poco menos de lo que he soñado, **aunque soñar, a veces, es lo único que nos queda**.

Cuando me satura la vida, El Chico de las Estrellas encuentra una salida. En forma de película, en forma de libro, en forma de escapada, en forma de lo que sea. Lo importante es que después vuelve. Descansa un poco de nuestra vida (que es lo que puedes hacer tú mientras me lees), pero después siempre vuelve.

**Y gracias a él soy otro,
sin dejar de ser el mismo.**

Y ya ves. Recuerdo que creé un mundo donde las tormentas eran respuestas; los boletos de autobús, instantes especiales, y las habitaciones de los niños tenían el color de su alma.

Recuerdo a un niño que creía ser Harry Potter cuando encontraba una rama en el suelo, Bastian cuando faltaba a clase o incluso Peter Pan cuando iniciaba sesión en su mundo paralelo con la corona en la arroba y el vaso de cartón en la vida real.

Pero aquel niño no era Harry Potter, ni Bastian, ni siquiera era Peter Pan; aquel chico bien podía haber sido El Chico de las Tormentas, El Chico de los Boletos o sencillamente, Christian Martínez Pueyo.

Pero no.

Aquel niño llegó a ser El Chico de las Estrellas. Y el chico crecerá, contra todo pronóstico, pero crecerá. Y morirá siendo El Viejo de las Estrellas, transformando el mundo con sus antídotos de supervivencia.

Y no creas que nadie le regaló la vida, que no hubo momentos de sombras o que podía besar en público. No creas que su familia era como las familias que ves en la tele, que sus amigos eran personas normales, que no lloró.

Y no creas que el azul de su alma es un cuento chino. Que no tiene lágrimas que darte a probar o emociones que extirparte.

¿Estás preparado? Recuerda que emprenderás un viaje donde no todo será purpurina y estrellas. Que a veces duele. Que no te engaño.

Lo entiendes, ¿verdad?

¿Sí, querido lector?

PUES COMENZAMOS.

Y lo hacemos en ese mundo donde…

los

sueños

llegaban

descalzos

y

despeinados

a

Ninguna Parte.

2
Tinieblas

**Porque el demonio siempre
me despierta.**

Las primeras citas con La Mujer de las Velas (mi psicóloga) fueron más frías que el beso de un dementor. Los secretos del Chico de las Estrellas costaban dinero, y sin ellos fuera, no dejaría de sufrir. No le gustaba acudir a consulta, pero la terapia era algo que lo ayudaba.

Cada vez que hablaba con aquella señora de pelo negro y sala de inciensos sangraba cincuenta euros. Sus palabras debían de ser de oro, aunque El Chico de las Estrellas todavía no lo sabía.

Hablaban de lo increíblemente poco que le gustaba la escuela (2.º de Bachillerato). Tengo la certeza de que si en aquel momento le hubieras preguntado acerca de los Reyes Católicos, te habría dicho que solo había repasado las oraciones subordinadas. Y si le hubieras preguntado sobre gramática, la excusa habría sido que lo suyo son las ciencias exactas, los elementos de la tabla periódica y las combinaciones químicas de colores radiactivos. No tengo claro que El Chico de las Estrellas supiera realmente algo de nada; lo que estaba claro es que tenía problemas.

La Mujer de las Velas ha sido importante en la primera batalla en este mundo muerto donde los sueños llegan descalzos y despeinados a Ninguna Parte. Al principio solo le contaba cosas fáciles. Ceros redondos en matemáticas, que quería estudiar periodismo y que odiaba a esa señora que fumaba mucho y vivía en su casa (si es que a mudarse cada dos años se le puede llamar «tener casa»), a la que el corazón no le permitía llamar «mamá».

El Chico de las Estrellas tiene ojillos pizpiretos, es una persona desconfiada por naturaleza y no se la ponía fácil; el silencio pasaba sin llamar.

ODIABA aquellos silencios. Y odiaba aquellos silencios porque eran los silencios más caros del mundo. Claro, él pretendía llegar allí y que le dijera qué hacer para arreglarse la vida, irse a «casa» y no volver. Pero no funciona así.

Cuando el Chico de las Estrellas no sabía qué hacer con esos silencios decía una tontería. Estaba un poco loco. Pero, claro, es que ella era psicóloga y entendía mucho de tonterías. Y de locos.

Extraer sus sentimientos era como analizar una piedra. Se resignaba a necesitar ayuda, se rebelaba contra el mundo como buen diecisieteañero que era por aquel entonces. Él era genial. Lo mejor. Lo mejorcísimo, e independiente del mundo. *La crème de la crème…*

Mentira.

Caía. Una y otra vez, tropezaba con su propio orgullo. Necesitaba ayuda. Y hasta que no aceptó esto último, no pudieron librar la primera batalla objetivo «Felicidad».

Aquella vez, una gota de sangre brotó de La Piedra, digo, del Chico de las Estrellas.

Y empezaron las sesiones provechosas:

650 €

Que lloraba a solas. Que escuchaba canciones tristes cuando estaba triste. Que ya no soñaba de noche ni tenía un buen motivo para despertar.

900 €

Que empezaba a sospechar que nunca conseguiría ser periodista. Segundo de Bachillerato se esforzó mucho en hacerle crecer, en conseguir que saliera adulto al mundo. Creo que nunca hizo tantos exámenes seguidos como aquel año (y gracias al cielo, nunca volverá a hacerlos).

1,050 €

Que le teme al momento de quedarse a solas. Vender recuerdos, comprar olvidos. Que se había vuelto cobarde, y desde hace algún tiempo, por las noches, desaprendió dormir. Que ahora solo sabe quedarse dormido. Que este método lo ha convertido, casi sin darse cuenta, en un auténtico cinéfilo. Nadie como él (o yo) sabe discernir entre una película para dormir y una película de verdad (*La vida de Adèle*).

1,400 €
Que odiaba a mi madre.

La sesión de los mil cuatrocientos fue importante. La Mujer de las Velas le preguntó una cosa que me gustó mucho. Fue algo así:

—¿Cuál es el primer recuerdo que tienes de la vida, Christian? —Esta es la primera vez que escuchas su voz, querido lector. Es dulce y pausada. Es una de esas voces pomada que todos necesitamos.

El Chico de las Estrellas rebobinó la película de su vida tanto como la memoria se lo permitió:

Mi primer recuerdo de la vida
son los gritos de mi madre...

Mi primer recuerdo de la vida es El Señor del Bigote Negro arrastrándola de los pelos al baño. La zarandeaba atroz, abusando de su fuerza bruta. La estrellaba de espaldas contra el bidé, tiraba de su cabeza hacia atrás, hendía dos de sus sucios dedos en su boca, abría el grifo y atragantaba su garganta con el chorro de agua.

Recuerdo los brazos de La Mujer Que en Vez de Respirar Fuma, agonizando alrededor de la escena... Los dedos de sus pies descalzos agarrotados... Esa tos ahogada.

Y ya. Es un recuerdo pequeñito porque entonces, El Señor del Bigote Negro me miraba con el odio en las pupilas y cerraba de un portazo. El recuerdo cierra las cortinas con mi mirada escondida debajo de la cama, apagándose en mi cabeza con los gritos atragantados de La Mujer Que en Vez de Respirar Fuma.

Mi segundo recuerdo de la vida son tinieblas...

Mi segundo recuerdo de la vida era despertarme en una cama donde no me había dormido. Tenía unos cuatro años y la estancia olía a tabaco y maltrato.

La casa de El Señor del Bigote Negro siempre me aterró. Las cortinas eran grises, había muchísimas figuritas de porcelana y en las mesitas había un cristal que descansaba sobre manteles de encaje blanco. Él no era mi padre y no vivíamos con él, pero cuando a mi madre (La Mujer Que en Vez de Respirar Fuma) le daba un ataque de ~~locura~~ amor, me llevaba dormido a su ~~infierno~~ casa.

¿Recuerdas cuando tu madre te llevaba del sofá a la cama cuando te quedabas dormido en la sala viendo *La Cenicienta* o *El Rey León*?

Pues mientras la tuya hacía eso, la mía se fumaba un cigarro llevándome a casa de nuestro maltratador personal.

Yo me despertaba de madrugada muy a oscuras a causa de unos gemidos impetuosos provenientes de algún lugar de detrás de la puerta.

Con cuatro años un niño no sabe discernir entre gemidos de dolor o de placer. Pero no importa, aquellos gritos eran de mi madre. Y es que por aquel entonces había visto tantas palizas, tantas cosas que ningún niño debería ver… que supongo que yo era el chiquillo que les jodía el sexo de las cuatro de la mañana porque empezaba a llorar.

Primero lloraba poquito y en silencio, palpando la que no era mi cama, implorándole a un Dios pobre que solo fuera una pesadilla. Que no estábamos otra vez en aquella casa. Susurrando desde debajo de la manta:

«mamá…».

Y luego mucho y chillando:

«¡Mamá!, mamá, que no te mate, ¡mamá, te quiero!».

Por si era la última vez que podía decírselo.

Cuando me hablan de tinieblas pienso en ese niño de cuatro añitos levantándose de aquella cama con unas gotitas de miedo en los calzoncillos. Chocando contra picos, sillas y las figuritas de porcelana que eran como imposibles de no romper, porque, caray, es que había miles y miles. (Una vez que rompí una de esas odiosas figuritas sin querer, El Señor del Bigote Negro me desnudó y me encerró en el balcón.) Palpando de puntitas las paredes frías, buscando el interruptor de la luz o el de volver a casa. En pleno sollozo y con el instrumental de aquellos asquerosos gozos mientras mis lágrimas partían mi cara en tres.

Nunca encontré ninguno de los dos interruptores.

Y entonces, en algún recóndito lugar de aquellas tinieblas que olían a tabaco, se abría una puerta de la forma más violenta del mundo.

Y empezaba la paliza.

Llegaba El Señor del Bigote Negro como Dios le trajo al mundo con las manos llenas de rabia. Me levantaba de la oreja hasta la cama, donde me golpeaba una y otra vez brutal y desmedido. Como si algo imperdonable hubiera hecho…

¡Ah!, ya sé. Ahora que lo pienso, supongo que me pegaba porque no lo dejaba derretirse en mi madre a gusto. Porque un niño de cuatro años no sabe discernir entre gemidos de dolor y placer. Porque con este hombre no se sabía…

Los golpes no calman a los niños, así que lloraba más… Y entonces aparecía mi madre en ropa interior.

—¡Mamá! —gritaba haciéndome pis. Ya no eran gotitas. Mis calzoncillos y aquella cama enterita se llenaron de miedo.

Llegó tan rápido, tan rápido que incluso pensé que vendría a salvarme. Corrió hacia mí apretando los dientes de rabia, oliendo a sexo, uniéndose a la paliza.

Y se me incendia el alma.

Llovían golpes contra una cama empapada en la que yo estaba encogido. Nunca me curé de esto. Es una de mis peores pesadillas. Es una de mis mayores realidades.

Y para seguir con nuestra historia, debes saber de dónde vengo. Mi infancia es parte de lo que soy, querido lector.

Cuando El Chico de las Estrellas verbalizó esto por primera vez, recordó por qué su corazón no llamaba a su madre «mamá». Entendió que hay cosas que se comprenden mejor con el tiempo.

Me da terror irme a dormir y que me despierten de madrugada esos gemidos y no estar en mi cama.

Albert Espinosa dice que somos nuestros traumas de la infancia. Y antes de seguir con la historia, debes comprender que nuestro protagonista, El Chico de las Estrellas, siempre será un poco tinieblas.

El Señor del Bigote Negro tardó en desaparecer de la vida de El Chico de las Estrellas demasiado tiempo, y atrocidades como estas fueron repitiéndose hasta que cumplió nueve años.

Tras él, nuevos novios de su madre (mucho más buenos y con menos bigote) a los que ella anteponía siempre a su propio hijo.

Por encima de periodos escolares, horas de sueño e incluso comidas y besos. Y cuando digo «siempre» es absolutamente siempre.

Érase un niño que cada vez que besaba
a su madre ella lo mordía.
Érase una madre que nunca supo ser madre.
Érase un niño sin niñez.

El padre del Chico de las Estrellas murió mucho antes de que pudiera conocerlo. Así que no esperes su entrada triunfal en la historia, querido lector, porque él no aparecerá.

Puede que por eso su madre nunca supo quererlo. A veces imagino tener un hijo con la persona a la que amo y que esa persona muera. A veces caigo en que El Chico de las Estrellas es el recuerdo vivo de la familia que La Mujer Que en Vez de Respirar Fuma nunca pudo formar. El lastre.

Y quizá por eso nunca supo ser mamá.
Porque no hubo papá.

Cuanto más hablaba de sus recuerdos El Chico de las Estrellas, más fue comprendiendo de qué manera lo había tratado su madre. La mirada insuficiente de una mujer que, en vez de respirar, fuma.

Obviamente, El Señor del Bigote Negro no era el único que le dejaba el cuerpo morado. Comprendió que descargar su ira a golpes contra él no era algo normal. Que chillar e insultar era malo. Y gracias al cielo que no naturalizó estos comportamientos que vivía a diario en casa, de lo contrario, no sé qué hubiera sido de él.

Gracias al cielo que El Niño de las Estrellas gritó mucho una vez. Gritó tanto que partió las paredes y apareció ella, la bondad con la nariz más redonda del mundo. Apareció la señora gordita de pestañas azules y voz serena. La responsable de lo que soy hoy. La que me devuelve las palabras cuando las pierdo. La de los sesenta y ocho mayos y mi abuela; La Dama de Hierro.

He (sobre)vivido diecisiete años con mi madre. Y…

Aunque no pudiera aguantarla.

Aunque la odiara.

Aunque hubiera destrozado mi infancia.

Había algo en mi madre…

Cierto encanto.

Cierta energía.

Y cuando se muera…

El mundo será insulso.

Demasiado simple.

Demasiado justo.

Y demasiado razonable.

3

La Dama de Hierro

**O cuando la cura del dolor
es una sonrisa sin ánimo de lucro.**

Escuchar es una de las cosas más difíciles del mundo.

Faltan clases de aprender a escuchar y nos sobran horas de Matemáticas.

La Dama de Hierro no tiene ni idea de trigonometría, pero da vida. Porque sabe escuchar.

¡Y gracias al cielo que escucha!, que salva, que existe. Porque sin ella, yo no.

¿Lo tienes? Vamos con La Dama de Hierro.

Pensaba en cómo escribir a mi personaje favorito de la historia (y de mi vida). Y pensaba en ella. He decidido llamarla La Dama de Hierro por su firme oposición a las injusticias. De la misma forma que llamaron así a Margaret Thatcher, primera ministra del Reino Unido desde 1979 hasta 1990, por su antagonismo con la Unión Soviética. No comparto ideales políticos con la señora Thatcher, pero las cosas como son: qué gran nombre. Y por eso.

Pensaba en ella, que transforma su vida en rutina para dedicársela a los demás. Y que parece que esto no tiene importancia y tiene la importancia más bonita del mundo.

Si algo tengo claro es que La Dama de Hierro terminará la vida sin condecoraciones, sin alfombra roja y sin rueda de prensa a pesar de haberme salvado la vida. A mí y a toda la quinta planta del hospital Gregorio Marañón, la de enfermos terminales.

Piernas cansadas, oídos alerta y respuestas suaves para el dolor que aterriza en este mundo extranjero paralelo al tuyo, donde te mueves con tus propios problemas.

Ella es voluntaria. Y maneja voluntad. Tú la encuentras cuando quieres adelgazar o aprobar un examen.

Maneja conciencia. La de la vida, la del sol, la de mirar a la luna, la de los paseos frente al mar, la de los pasillos del hospital donde te enzarzas cuando la enfermedad llama a la puerta para no marcharse nunca más.

Calentar de nuevo el café del desayuno, mullir la almohada por cuarta vez, el teléfono cerca y las gafas más cerquita aún. Otro tubo de palabras suaves para una familia que soporta las horas de unos días semiinfinitos, la que al final se va, mientras ella se queda ahí. Sujetando otra mano, ayudando a otro enfermo, pintando su corazón de impermeable. El último faro de ese mar azul oscuro, casi negro.

La Dama de Hierro le dijo una vez al Chico de las Estrellas que la mejor medicina es una silla y escuchar al enfermo. Que es lo que ella hace. Dolores a los que la anestesia no alcanza, pero su sonrisa sí. Esa alcanza a todas partes.

Sale del hospital, cuelga la bata, llega a casa y lo abraza. Y por eso las abuelas tienen que ser gorditas, para abrazarlas mejor.

Los grandes héroes son los que arreglan el mundo mientras el mundo no está mirando.

Los que te hacen sonreír aun teniendo una vida de mierda.

Mi Mary Poppins, la que llegó para salvarme cuando cambiaron los vientos.

Pensaba en escribir sobre mi persona favorita. Y en que si puedo amar a alguien, es a alguien como ella.

El Chico de las Estrellas se marchó de casa a los diecisiete años. Aquella noche granizaba tanto que no granizaba, se caía el cielo a trozos.

Una llamada a la policía, una mochila de tela y el adiós más esperado de toda su vida. Después de tantos novios, casas y golpes, por fin se despidió de su madre.

Iba a contarte que fue entonces cuando La Dama de Hierro le abrió las puertas de su casa, pero sería mentira. Lleva con su capa enredada en la guerra contra su madre desde esa vez que te dije que gritó tanto que le contó que le pegaba.

Sin bachillerato, padres ni expectativas de vida, llegó.

Llegó a una casa blanca donde los miedos se quedaban en el umbral de la puerta. Fíjate en ellos, querido lector, ahí están. En fila india, no se atreven.

La Dama de Hierro perdió sus miedos hace demasiado tiempo, tanto que en su casa no entran ni los suyos ni los míos. Lleva ganándole guerras a este mundo muerto donde los sueños llegan descalzos y despeinados a Ninguna Parte desde el franquismo de piedra.

Es la chica de cabello corto e ideas largas en la manifestación. La de los pelotazos de goma en las piernas. Esa, esa.

La que cruzó el país de punta a punta cuando la maltrataron en casa. Escapaba de los demonios y sus trampas del amor (eso que la madre de El Chico de las Estrellas nunca hizo). Holanda, Francia… tuvo hijos pronto y fue demasiado valiente.

Cambiándose el apellido, como en una película de detectives, para esquivar los cinturones en la espalda. Apellido que hoy envuelve a El Chico de las Estrellas, orgulloso de llevar en su nombre un resquicio del valor de los valientes. Ella es la heroína de mi vida. «Pueyo.»

Ella me enseñó a conservar la capacidad de alejarme de las cosas que me hacen daño.

Salvó a su primer hijo de las drogas. Se enemistó contra toda clase de injusticias que empapaban España (y que hoy día, aún quedan). Injusticias ante las que no se callará jamás. Cuidando a su marido hasta el último aliento de leucemia. Tratando de entender a una hija incomprensible.

A concebir a El Chico de las Estrellas.

Y por si todo esto no fuera suficiente… a salvarlo a él también. A cuidar del hijo que nunca tuvo pero que es suyo.

Ella es una de esas abuelas a las que les ha tocado cuidar de su nieto por la inmadurez de su hija. La Dama de Hierro acogió en su casa blanca donde los miedos se quedan en la puerta al Chico de las Estrellas, acompañando el perchero donde cuelga su bata nada más llegar del hospital.

De volver de ayudar.
Y escuchar.
Y salvar.

Y discúlpame, querido lector, si notas salpicadas estas páginas. Confieso que estas lágrimas son mías.

Que mis ojos la admiran.

Y que si alguna vez soy alguien, será gracias a ella.

Fue ella la que decidió que necesitaba un psicólogo tras abandonar a mi madre. Tenía muchísimo odio acumulado a La Mujer Que en Vez de Respirar Fuma. Odio que no podía traer nada bueno. Fracasos que asumir, traumas de doble fondo y ese secreto que contar.

Ese secreto que yo siempre he creído que La Dama de Hierro siempre ha sabido sobre El Chico de las Estrellas. El secreto que lo hace ser quien es. El que guarda en el cajón, al lado del corazón.

Ese secreto,
ese.

4
Los descosí

**O cuando el héroe que necesitas
eres tú mismo.**

Tu secreto te hace especial.

Leí que decir «Todos somos especiales» suena a lugar común. Pero es verdad. Creo que todo el mundo guarda un secreto, por lo que todos somos especiales.

Alguien me dijo que los secretos son necesarios para vivir. Tesoros internos de cerrojos sin llave. Estos tesoros nos marcan por dentro.

Que es importante mostrar nuestros secretos cuando queremos revelar nuestros secretos.

Y es importante porque estamos enseñando aquello que nos hace especiales, que nos hace diferentes y sobre lo que nos cuesta hablar.

Siempre que he tenido un secreto ha sido algo bonito. Entendí que era bueno tenerlo y que yo decidiría a quién mostrárselo.

Cuándo me convertiría en especial.

Seis de junio de dos mil doce a las cinco de la tarde, a mí me suena a día para recordar, a mí me parece una fecha preciosa para contar un secreto.

Si hay algo que El Chico de las Estrellas no olvida son las fechas de los momentos importantes y colocar dos vasos en la ventana cuando babean las nubes.

El Chico de las Estrellas llevaba mucho tiempo dándole vueltas a una decisión importante, y ya sabemos que no le gustan las personas inteligentísimas que aconsejan asquerosamente bien, así que aún no se lo había contado nadie.

«El Chico de las Estrellas no era especialmente guapo,
ni demasiado alto, ni exageradamente gracioso,
pero era la persona con más ganas de ser feliz
que he conocido nunca.»

La madrugada del cinco de junio cayó una de esas tormentas perfectas que regala el verano. El Chico de las Estrellas colocó el vaso «Sí» y el vaso «No» en el marco de su ventana con la esperanza de que a la mañana siguiente el que rebosara fuera el «No». Bueno, en realidad una parte de él deseaba que fuera el «Sí». Aunque daba miedo.

Además, se le olvidó soplar a la luna. (Recuérdame que te cuente lo de soplar a la luna porque es importantísimo.)

La tormenta era la responsable de decidir si contarle o no El Secreto a La Mujer de las Velas. De locos, lo sé.

Lo mejor fue que a la mañana siguiente el vaso ganador fue el «No». Pero no importa, porque El Chico de las Estrellas tenía tantas ganas de ser feliz que se bebió de un trago la respuesta que le dio el mundo, se calzó las botas plateadas e hizo todo lo contrario.

Aquella no era la primera vez que El Chico de las Estrellas hacía lo que le daba la gana; de hecho, él hace muy poco lo que se debe hacer. El Chico de las Estrellas piensa que si siempre hacemos lo que debemos y no lo que queremos, qué rollo. Tenía muchas ganas de ser feliz, de verdad te lo digo. Muchas.

2,700 €

La sala estuvo vacía durante unos segundos… no mucho más.

—¿Cómo va la semana, Christian? —preguntó La Mujer de las Velas.

—Bien… —mentí.

—¿Hay algo que te preocupe en especial?

El Chico de las Estrellas quedó al descubierto.

—Sí —afirmé con la mirada en el suelo.

No pasó exactamente nada pero me atropelló todo. Comencé a llorar desconsoladamente. Las lágrimas de El Chico de las Estrellas empezaron a estallar contra el suelo, y La Mujer de las Velas le pasó unos pañuelos.

—Llora a gusto, Christian —me dijo la señora de la voz pomada.

El Chico de las Estrellas cogió un alfiler de libertad que clavó al nylon que oprimía sus labios. Empezó a pasar aquella aguja por los puntos de su boca y con cada lágrima se deshacía un nudo.

La sangre le brotaba de los labios pero no estaba dispuesto a parar, fue descosiendo los ojales con manos temblorosas, dejando que las patas de un insecto asomaran por la abertura de su boca como la mariposa que escapa de su prisión.

Deseoso de ser libre y con ganas de volverse especial junto a La Mujer de las Velas, los descosió. El Chico de las Estrellas extirpó cada puntada que sellaba su boca sin levantar la mirada clavada al suelo. Con la vergüenza del desnudo. Sin ser capaz de dejar de llorar, con las piernas temblando y una voz de mariposa susurrando pequeñito...

—Soy gay.

5

Somos instantes

**Cuando qué bonito
es ser distinto.**

Las personas somos carne y huesos. Recuerdos y complejos. Amor y dudas.

Pero sobre todo
las personas somos instantes.

Un instante es un periodo breve, casi impredecible.
Hay quien los colecciona y quien los olvida. Hay incluso quienes los viven y no se dan cuenta. Me gustaría enseñarte algunos de los míos…

Húmedo

Mi primer beso en la esquina de mi calle. Tenía once años y era una chica preciosa. No me lo imaginaba así pero me gustaría repetirlo.

Inmenso

Su concierto. El día de mi voz favorita. Se oyó más que nunca cumpliendo todas mis expectativas. Gracias.

Valiente

Me atreví a copiar. Me sudaban mucho las manos y apenas tenía un par de fórmulas apuntadas en un pedacito de papel. Pero me arriesgué.

Feliz

Mis no tan queridos Reyes Magos por fin me trajeron lo que les pedí. Este año sí que sí.

Decepcionante

Caray, es que ni se fijó en mí. Se sentó enfrente y era mi camiseta más bonita.

Satisfactorio

Me dieron el papel más largo de la obra. Además mis frases me gustan mucho. La profesora confía en mí. Y el teatro es una maravilla.

Legendario

Tengo ocho años y Frodo tiró el anillo, y lo que es más importante, a Gollum. Menos mal, porque esa criatura me mataba de miedo.

Doloroso

Me operan. Anestesia local… ¿Anestesia local? Permíteme dudarlo, caray.

Agridulce

Último dong. En mi boca un revoltijo de doce uvas blancas. Qué asco. El año que viene, dulces.

Tierno

Es la primera vez que lloro con una película y la gente dice que es mala. Pero es que, caramba, a mí me gustó. Gracias, Leslie. (*El mundo mágico de Terabithia.*)

Rebelde

Me perforé el labio y estoy contento. Quizá no sea el piercing sino todo lo que él envuelve.

Mágico

Primero una rama. Luego el sable de Yoda. Domivat. El arco de Hood. La varita de Potter. La espada de Pan. No quiero crecer.

Libre

No siempre fue así, pero ahora la gente sabe que existo. Estoy más delgado, me ven más guapo y no es por la camiseta bonita.

Humillante

—¡Maricón! —Es tres cursos mayor que yo y... bueno... lo mejor será hacer como que no oí nada.

Lo cierto es que este último instante marcará los años de instituto de El Chico de las Estrellas.

Los primeros años del kínder fueron felices. Los pasillos olían a plastilina, pedía ser el perro cuando jugaban a mamás y a papás y terminó sabiendo leer, bien enseñado por su profesora Blanca.

En primaria jugaba quemados y saltaba la cuerda.

El instituto del pueblo era famoso por las drogas, lo barco de sus profesores y el nombre más bonito que nunca leí: «Atrévete a Saber».

Como El Chico de las Estrellas nunca fue al «Atrévete a Saber», no puede decirte si es cierto todo aquello que cuentan de él, pero sí puede decirte que le hubiera gustado ir allí. El instituto público tenía algo que El Chico de las Estrellas necesitaba por encima de todas las cosas: Libertad.

En él podría haber llevado sus piercings a gusto, sus botas plateadas y haber hecho un poco más lo que le hubiera dado la gana.

La Dama de Hierro pensó que lo mejor sería inscribirlo en otro centro, ya que ella se encargaba de las cosas que su madre debería haber hecho si su madre hubiera estado. Y para su suerte, estaban construyendo un nuevo instituto en el pueblo: El Concertado.

(Donde no pudo llevar sus piercings a gusto, ni sus botas plateadas, e hizo un poco menos lo que le dio la gana.)

Empezó secundaria con un suéter rojo, pantalones azulados y mocasines, dando ciencias en inglés y educación física en un polideportivo enorme. En unas clases donde los pizarrones los sujetaban al suelo, apoyados contra la pared. Odiando las matemáticas y con una boca abierta en la portada del cuaderno de lengua.

Aquel año su retroceso académico fue espectacular. Dejó de avanzar en la lectura y en otros aprendizajes. Se rompió un tobillo, se escapaba de clase y aquellas a las que acudía se las pasaba dibujando, como Bastian. Aquel año sus profesores fueron solo medio buenos, y las clases, casi de mentiras. Empezaron los instantes humillantes, y con ellos, un constante rechazo a ir al colegio.

Al Chico de las Estrellas no pararon de surgirle amigas. Amigas guapas, educadas, talentosas, divertidas… a cuál más. Amigas para elegir con cuál de ellas formar una historia de…

¿Amor?

Por aquel entonces El Chico de las Estrellas no pensaba en eso, sencillamente disfrutaba de su compañía y más de una lo hizo suspirar. Si algo debe agradecerle al Concertado son los amigos. Esos eternos aliados.

Los mejores, los más listos del mundo siempre coinciden en una cosa:

«Los amigos de verdad se cuentan
con los dedos de una mano».

El Chico de las Estrellas siempre ha dudado de esta frase. Después, el tiempo hizo el resto y le demostró que es cierto, pues El Chico de las Estrellas tiene tres amigos. Tres eternos aliados. Tres ángeles. Tres dedos.

Es hora de levantar un dedo de una mano, querido lector: **La Arquitecta de Sonrisas.** Mi primer ángel.

Su mirada es segura y decidida, lleva las ideas envueltas en un mar de cabello negro, y como su nombre indica, es la responsable de las arrugas de mis comisuras. Esa luz, esos gestos de complicidad, esa sonrisa.

La Arquitecta de Sonrisas es la persona más luchadora que he conocido. Líder y artífice de cuentos. Hada madrina y motor. Mi defensora a ultranza.

La felicidad es caprichosa, salta de persona en persona como un grillo alternativo; curiosamente puede permanecer en alguien unas milésimas de segundo o quedarse a vivir para siempre, como le pasó a ella. Aquel grillo debió de construir su casa de palo en algún lugar de su alma, pues de allí no se ha ido jamás.

Ella era una de las pocas personas a las que les daba igual que su amigo, El Chico de las Estrellas, imitara los modales de sus amigas.

Le gustaba cantar. Le gustaba tanto cantar que incluso creó un grupo de pop con algunas canciones feísimas que componían y cantaban entre ellos; se llamaban Casiopea.

Le gustaba dibujar. Y lo de dibujar al menos no lo hacía tan mal como lo de cantar.

Le gustaba bailar, vestir bonito y jugar a ciervo (recuérdame que después te cuente qué es ciervo) mientras los chicos de su clase jugaban futbol y las chicas más populares hacían los test de la *Súper Pop*.

¡Vivan los sueños de los niños! Y vivan de verdad.
Vivan porque las ilusiones del niño
que fui son lo que soy.

Viva Casiopea. Viva ciervo. Y vivan aquellos que sueñan sin miedo.

Pero si hay algo que El Chico de las Estrellas aprendió a hacer fue a escribir. Primero aprendió a escribir cursi. Después aprendió el verdadero arte de escribir solamente lo que hay que escribir. Y después mezcló un poco las dos cosas.

Cuentos, canciones, microrrelatos... daba igual, le encantaba hacerlo. Cuando estaba contento, lo escribía. Cuando estaba triste, lo escribía. En papel encerraba la locura de los sueños que le suplicaban realidad.

El Chico de las Estrellas aprendió a dibujar,
dibujando.
A bailar, bailando.
A vivir, viviendo.
Y a escribir, escribiendo.

Él no comprendía por qué el mundo no veía con buenos ojos su comportamiento poco masculino.

Lo corregían duramente de manera cruel.

El instituto fue aquel terreno resbaladizo donde el odio recayó sobre aquellos que fuimos sin miedo. Sobre gordas y feos. Sobre frikis y raros. Sobre gais y extranjeros.

Qué difícil vivir cuando eres distinto.

Y es que si Julio Verne nos hubiera conocido... si hubiera ido con nosotros al instituto estoy casi seguro de que

habría viajado al centro de las personas como nosotros.
Y luego, al centro de la Tierra.

Creo que si...

Virginia Woolf

Oscar Wilde

Dalí

Dumbledore

Ian McKellen

Alaska

Patrick de *Las ventajas de ser invisible*

Batman

o Lady Gaga

hubieran ido conmigo al instituto...

Me habrían acompañado por el pasillo...

Por aquel horrible pasillo de baldosas amarillas,

y no habrían permitido

lo que allí sucedió.

6

El pasillo de baldosas amarillas

**O cuando te vacían el cargador
por la espalda.**

El Chico de las Estrellas quemaba el pasillo con su forma de andar, siempre acompañado de La Arquitecta de Sonrisas.

Tras tres horas de clases sonaba la libertad. El momento en que ellos levantaban las sonrisas más altas, compartían desayuno y bajaban al patio.

En principio, bajar al patio es un instante de felicidad para casi todo doceañero que se precie, y mentiría si negara que los primeros meses de instituto fue así. Hasta que dejó de serlo.

La felicidad de bajar al patio desaparece en ese conjunto de momentos en que un chico tiene más amigas que amigos y su voz suena un poco más afeminada de lo normal.

Tras el umbral de la puerta de clase, un pasillo de baldosas amarillas donde se congregan todos los grados del instituto para ir al patio.

Los matones de cuarto con sudaderas grandísimas sobre el uniforme reglamentario.

Las populares que remangaban sus faldas de tercero.

Los guapos de segundo.

La de inglés.

Los que reprueban.

Las vulgares.

Los de la clase de al lado (y mis amigos de la clase de al lado).

El chillón.

Los que nacieron con *La Celestina* bajo el brazo.

Mi tutora.

Otros muchos a los que no sé catalogar.

Y yo: «El Mariposón».

Aquello era peor que tirar los dados en *Jumanji*.

El Chico de las Estrellas se vio obligado a reunir un equipo para llegar al patio a salvo.

**Uno no puede hacer grandes cosas
sin grandes personas.**
Así que formó un equipo.

Un grupo curioso, formado exclusivamente por gente imperfectamente mágica. Gente especial. Gente que El Chico de las Estrellas reunía a diario en el patio. *Los frikis.*

Los niños normales dejan de jugar más o menos a los doce años; en mi equipo no dejamos de jugar nunca. No solo la pasábamos bien sino que además le estábamos dando una lección al resto del instituto demostrándoles que con doce años también se puede jugar a ciervo.

Ciervo es esa especie de polis y ladrones que inventó El Chico de las Estrellas con su equipo. La novedad era que cuando dos cacos se juntaban, el policía no podía atraparlos. Significaba un poco que la unión hace la fuerza.

—¡Mariposón! —Contra la nuca.

Al Chico de las Estrellas se le hundió la cabeza sobre los hombros, se le aceleró el ritmo cardiaco y tragó saliva con dificultad.

Siguió caminando como si nadie hubiera gritado nada...

—¡Marica!

Una de esas vulgares con la lengua muy larga y la falda muy corta, como canta Sabina, me miró desde arriba masticando chicle con la boca abierta. El Chico de las Estrellas se hizo pequeñito, terminó su pasillo de baldosas amarillas y se refugió con su equipo en el patio.

Al día siguiente volvió a sonar el timbre. Y todo el colegio volvió a encontrarse en la ruta 666 de baldosas amarillas.

—¡Puf! —Una mujer de ojos verdes vio cómo un zape aterrizaba sobre la nuca del Chico de las Estrellas.

El Chico de las Estrellas siguió hablando con La Arquitecta de Sonrisas con ojos de hielo, sin mirar atrás, deseando terminar el tramo de angustia como si no hubiera pasado nada.

Tras los treinta minutos de libertad jugando a ciervo con su equipo, tocó volver a clase. Tocó volver a pasar por el pasillo. Pasaba un mínimo de seis veces al día. Tocó ir a beber agua. E ir a beber agua para un gay en el instituto es algo horrible.

Siempre hay algo que no he entendido de las chicas, querido lector, y es que van de dos en dos al baño. A veces pienso que hacen eso por si se encuentran un troll, como le pasó a Hermione, no estar solas. Pero, claro...

¿Y El Chico de las Estrellas? ¿Con quién va al baño?
¿Qué haces cuando solo tienes amigas?
¿Y si un gay se encuentra un troll en el baño?

—¿Me la comes un rato, maricón? —Un reprobado de cuarto se la sacó en mitad del baño mientras estaba bebiendo agua. Qué vergüenza tan dolorosa.

El Chico de las Estrellas lloró un poco por dentro y se marchó tan rápido como pudo, porque claro, no había pasado nada. No quiso volver a tener sed. No quiso, no quiso.

—¡Bam! —Un balonazo estalla en su cabeza bajando al patio.

No era el balonazo por la espalda: era el dolor del centro, que no acababa. Era sentirse el jorobado de Nôtre Dame con tomatazos en la cara en el centro de París. Bochorno y sufrimiento. Día tras día.

El Chico de las Estrellas siguió caminando agarrando una mirada acristalada a punto de estallar, porque claro, ni que hubiera pasado nada… ¿no?

—¡Maricón! —gritó una voz áspera desde el fondo del pasillo entre la multitud. Multitud que se volvió y me miró. Algunos reían, otros agachaban la cabeza. «¡Da asco!», decían unos. «¡Anda como una niña!», escupían otros.

Le rozaron disparos de humillación. Una mujer de ojos verdes siguió con la mirada la estela de los fogonazos…

—¡Hijo de puta! —contestó rápidamente La Arquitecta de Sonrisas a ese insulto. Agarró al Chico de las Estrellas del brazo y lo llevó corriendo al patio mientras le levantaba una de sus sonrisas, salvándolo de ese trozo del mundo donde el mundo no era bueno. «Gracias», pensó él llorando por dentro.

En realidad son incontables las veces que La Arquitecta de Sonrisas ha dado la cara por El Chico de las Estrellas. Las veces que lo ha defendido. Las veces que se ha puesto en contra de matones y ha apagado risitas de fondo.

Todas esas veces en que los profesores jamás lo hicieron. Jamás, excepto una vez.

Aquella fue La Vez…

El Chico de las Estrellas volvía del recreo, y por alguna extraña razón que desconozco, no iba acompañado de su equipo. Ni siquiera de La Arquitecta de Sonrisas.

Comenzaba el tramo de escalera que todo colegio tiene antes de llegar a las clases, antes de ese pasillo, que, por cierto, tiene baldosas amarillas, no sé si te lo he comentado.

Aquel día, Dorothy iba sola. Sin león. Sin hombre de hojalata. Y sin espantapájaros.

—Gay, *nalgón*. —Ese tono sonaba entre cruel y renegrido con unas gotas de chulería usuales en personas como él. Prueba de ello eran las dos vulgares de pelo teñido que iban a sus lados.

Aquel chaval tendría unos diecisiete años, greñas y aliento a tabaco.

Y como El Chico de las Estrellas estaba muerto de miedo y no había pasado nada… siguió subiendo escalones. Cada vez más rápido, pero sin correr… para que el mundo no supiera que estaba huyendo.

—¡Mariposóoon! —Vació el cargador.

El chico iba con sus amigos y ellos estaban más que entusiasmados con el momento. Un *yonki*-reprobado humillando a un muchacho de doce años, que, por cierto, aún no sabía si era realmente gay o no.

Y sí, claro que se lo había planteado alguna vez, pero le aterraba la idea de serlo, y de serlo, jamás lo diría.

—¿Se la chupas a tu padre? —Se me partió el poco orgullo que me quedaba.

BASTA.

Aunque no lo crean, nadie decía nada. NADIE.

Mis amigos no estaban. A la mitad de los chicos que subían la escalera les ganaba el morbo. Y a la otra mitad les ganaba el miedo.

El Chico de las Estrellas se dio la vuelta. Se secó la cara. Y bajó un par de escalones para dirigirse a él. A sus perras teñidas. Y a todo aquel que quisiera escuchar lo que tenía que decir. Con un acróbata en la voz desató el nudo de su garganta:

—¡Casi tanto como tú, maldito hijo de puta!

maldito

hijo

de

puta

Las últimas cuatro palabras retumbaron
por todo el instituto.

Las últimas cuatro palabras
desataron el valor de los valientes.

Las últimas cuatro palabras
fueron el principio del final.

Y a partir de ahí, todo sucedió muy deprisa.

Aquel círculo de gente se quedó esperando a que le diera la paliza de la que probablemente no saldría vivo.

Sus amigos se rieron de él, lo que ayudó a que el odio se dibujara rapidísimamente en su rostro.

El arpón de su mirada no enganchó las piernas de El Chico de las Estrellas, que en lo que tardé en contarte esto, ya salió corriendo escaleras arriba.

Aquel matón de espaldas grandes y olor a Camel salió despedido tras él, dispuesto a matarme, diría yo.

Ahí pensé que moría, querido lector; pensé que moría.

El Chico de las Estrellas consiguió subir dos pisos de escaleras más rápido que el otro, chocando contra muchos codos, resistiendo algunos tirones de pelo, abriéndose paso como pudo.

Pero antes y solo un poquito antes de llegar al pasillo de baldosas amarillas, un manotazo fortísimo impactó contra su espalda rompiéndole la camiseta, lanzándolo escaleras abajo.

El Chico de las Estrellas aterrizó en el primer descanso que se atrevió a acoger su cuerpo. El matón no tardó en bajar y asestarle un puñetazo en la cara.

Con aquel golpe perdió el corazón. El jirón que quedaba de su camiseta lo dejaba con una dignidad muy vaga y la sangre de su nariz se mezclaba con el coral de sus labios.

Ya no lloraba solo por dentro, le fue imposible no temblar…

No sé en qué estaría pensando El Chico de las Estrellas, no tenía ninguna oportunidad contra aquel armario. Nadie del instituto interrumpió los golpes. Nadie se atrevía a decir ni a hacer nada. Nadie excepto ella: **La Arquera Encapuchada.**

Yo siempre he creído que la profesora de ojos verdes del Chico de las Estrellas es una de esas personas que te ayudan un poco. Con esto quiero decir que no es el guerrero más fuerte de la historia. No tiene espada. Siempre he sentido predilección por los personajes arqueros, son amigos. Mira a Legolas. O a Susan Pevensie los na'vi, Robin Hood, Ginebra o la legendaria Katniss Everdeen.

Llegó tan rápido como pudo. Arrastró del hombro al abusivo y le tendió una mano a El Chico de las Estrellas. Sé que ella llevaba un tiempo deseando ayudarlo… Salvarlo un poco de aquella humillación diaria, tenderle la mano… pero, claro…

¿Cómo salvas a un alumno que ni siquiera conoce su propia orientación sexual de insultos homófobos y de golpes?

¿Cómo ayudas a alguien al que llaman «gay»?
Porque claro, «gay» no es ningún insulto.
Y sin embargo, ofende.

Y en ese caso…
¿Qué debe hacer un profesor?

Mira, querido lector, yo ya no lo sé. Lo que sí sé es que ella lo hizo. Nos llevó a los dos al despacho de la dirección, me defendió en plena reunión ante un claustro que no estaba dispuesto a expulsar a un alumno, por la imagen y el prestigio del colegio privado que aún estaba a medio hacer.

La primera y casi la única profesora que me cuidó un poco por aquellos pasillos donde el *bullying* se enzarzaba contra El Mariposón, La Gorda o El Friki.

Lo obligó a pagarme la camiseta. Y me la pagó.

Y no sé qué pasaría después. No sé si el director se enfadaría con ella por querer expulsar a un alumno del centro. Por defender al gay.

Lo que sí sé es que esto que le sucedió al Chico de las Estrellas sigue sucediendo. Lo que sí sé es que faltan profesores que sepan cómo actuar. Cómo ayudar. Cómo hacer.

Lo que sí sé es que hay chicos que sufren rechazo al ir al instituto. Que los maltratan. Que los humillan. Y que la gente se queda callada.

Lo que sí sé es que me harté de hostigamientos, de matones escolares y torturas sistemáticas. De expulsiones sociales, intimidaciones, agresiones y amenazas.

Lo que sí sé es que cuando El Chico de las Estrellas volvió a casa, La Dama de Hierro le preguntó:

—¿Qué tal el día, cariño? —Así, como solo ella sabe preguntar.

Y entonces él respondió que genial. Que como siempre.

Y es que las propias víctimas se quedan calladas por miedo. Que si nadie ayuda, si nadie sabe qué hacer, los pasillos de baldosas amarillas, blancas, azules o del color que sean, seguirán siendo un infierno.

No te quedes callado.

Desde entonces,

yo nunca más lo hice.

7

Es usted mágica

**Érase un ángel jugando
a vivir.**

¿Cómo vas, querido lector?

¿Te está gustando?

Antes de seguir, tengo que contarte algo que acaba de sucederme.

Llego a mi cafetería favorita de Madrid (como muchas de mis mañanas), me tomo mi café, pido un vaso de agua, empiezo a escribir el siguiente capítulo: «Peter Pan». Y entonces entra una señora por la puerta.

Es una señora menuda con un vestido muy poco octubre y el pelo blanquísimo. Cierra la puerta y se sienta cerca, como dice la canción. Deja el bolso sobre una silla y mira mi desordenadísima mesa.

Marcadores, hojas dobladas, otras en sucio y prisa en los dedos.

Tengo manchas de tinta en las manos, y la camarera ya no sabe si traerme la coca-cola light (la que pido tras el café y el vaso de agua cuando la inspiración decide quedarse) o el premio Guinness al desorden.

La mujer pide un jugo de tomate. Y me mira mucho.

Está justo en la mesa de delante, mirándome desde el periódico, sobre unas gafas de media luna. Y lo hace así diez minutos. Miedo.

Y entonces saco el celular e improviso una conversación de whatsapp. Es que cuando me miran mucho me pongo nervioso. No funciona.

Paso al plan B y le devuelvo la mirada (ja, qué lindo que soy).

Se da cuenta de que no para de mirarme. Y de que basta. Su mirada se tiñe de disimulo y le pone sal y pimienta al jugo de tomate (ya era hora, señora).

Se bebe su jugo de tomate.

Paga su jugo de tomate, y mi café, sin yo saberlo. Se ríe. Y antes de marcharse me pone una mano sobre el hombro y me confiesa una cosa:

—Eres un desastre, pero lo conseguirás.

Y se me enreda un «gracias» nervioso en los labios. Acompañado de una sonrisa rara.

Desaparece por la misma puerta por la que la vi llegar con su vestido feo y el bolso colgando. Y pienso en que no volveré a verla jamás, pero que gracias.

Pero que gracias de corazón porque (sin yo saberlo) necesitaba algo así. Y ahora que lo tengo… no voy a parar.

La vida, que cuando quiere te manda un ángel, una lanza o una señora que bebe jugo de tomate.

La cafetería se llama La Ciudad Invisible y está en Ópera (Madrid). Escondida en una calle transversal donde preparan los cafés con leche más deliciosos del mundo. Pero es difícil encontrarla, y por eso es invisible.

Y ya está, querido lector.

Sencillamente quería que conocieras a La Señora del Jugo de Tomate. Y quería hacerlo por si tiene razón…

Por si acaso lo consigo.

Por si algún día, estas hojas desordenadas de encima de la mesa deciden ser libro.

Por si un golpe de suerte algún día hace que La Señora del Jugo de Tomate y El Chico de las Estrellas vuelvan a encontrarse. Regalarle el libro. Enseñarle su fugaz aparición en mi vida y decirle:

—Tenía razón, señora. Lo logré. Viste muy feo, pero es usted mágica.

Y entonces ella me volverá a sonreír. Y me dirá:

—Gracias. Yo ya lo sabía.

Y como ella es mejor que yo, no se le enredará el «gracias» en los labios. Sonará bonito. Y pedirá otro jugo de tomate.

Perdona por la interrupción, seguimos con la historia.

8
Peter Pan

**O cuando todos los niños crecen
excepto uno.**

Pronto comenzamos a dudar de la cigüeña de París, de dónde somos y cómo hemos llegado hasta aquí. Nos perdemos en el terreno resbaladizo de las responsabilidades, el Coco no está, nos dormimos tranquilos, terminan los infantilismos, y con ellos, los gusanos de seda. Nos parten la corona de papel albal, aprendemos a despedirnos y dejamos de aventarnos por la resbaladilla.

**¿Cuándo fue la última vez que te aventaste
por la resbaladilla?**

Creo que lo llaman crecer.

Y en crecer está un poco el secreto de todas las cosas. Honestamente creo que la felicidad reside en los entresijos de la ignorancia, y no hay nada más ignorantemente feliz que un niño. Aunque como tantas otras cosas, lo de ser niños acaba con el tiempo. El primer desamor, segundo de bachillerato y dejar de escoger el color del popote en el cine, es un poco El Torneo de los Tres Magos de la madurez. Estas tres pruebas se esfuerzan mucho en hacernos crecer, en conseguir que salgamos adultos al mundo. Por encima de todas las cosas, por encima de Peter Pan.

La felicidad contra la pared y castigada sin helado de limón. Asfixiada por la falta de autodeterminación. Los niños reciben órdenes como animales domesticables, pero les exigimos, además, una respuesta madura y razonable.

¿No es horrible, querido lector? En algunas de mis noches sigo dejando la ventana abierta.

1,900 €

—¿Por qué Peter Pan?

—Identificación pura y dura. Soy un niño perdido.

—¿Lo eres?

—Lo soy. Mi padre murió cuando yo era muy pequeño (tanto que no recuerdo haberlo conocido) y mi madre… ya sabes, un monstruo.

—Pero tú tienes madre, Christian.

—Sí, mi abuela. De comer me da ella, el colegio me lo paga ella, los pantalones también me los paga ella. Y si llego a ser alguien en esta vida, también será gracias a ella (Mi Campanita de Hierro).

—¿Crees en las hadas?

El Chico de las Estrellas se remangó el pantalón de una pierna dejando al descubierto su tatuaje con la sombra de Peter Pan. Un niño es feliz y por eso siempre quiere ser un niño. Aunque crezca. Un adulto creativo siempre será el niño que ha sobrevivido. El mundo debería conocer este secreto.

—Yo creo, sí creo —dijo El Chico de las Estrellas sonriéndole. La Mujer de las Velas acompañó su sonrisa guiñándole un ojo.

**El mundo debería saber que hay caídas que son volar,
que los sueños son para los que no se quedan dormidos
y que es posible burlar el tiempo,
escapando del cocodrilo y su tictac.**

Porque El Chico de las Estrellas hace magia

todos los días.

El instituto siguió (como siguen las cosas que no tienen mucho sentido), y tras un tiempo de prórroga gracias a La Arquera Encapuchada, volvieron los insultos. Aunque nunca volvieron a hacerle tanto daño.

Pues desde aquel acto de valor, El Chico de las Estrellas cambió.

Todos lo vieron por los suelos y con la camiseta rota. El incidente no tardó en saberlo el pueblo entero. Odio eso de los pueblos, todo se sabe.

Y por ello mucha más gente conoció al Chico de las Estrellas. Así que hubo más gente que empezó a insultarlo, incluso fuera del pasillo amarillo, volviendo a casa o saliendo con sus amigos a comprar chunches. Fuera del patio. Y fuera del colegio.

Curiosamente, también hubo gente que se interesó por él. Poquitas personas que estuvieron de su lado. Que lo defendieron.

Las más valientes son las personas que defienden las injusticias aunque sean causas perdidas. Aparte de sus amigos, claro.

Pasaron los cursos, hubo más golpes y más peleas. Hubo más insultos y despachos, pero nunca más hubo silencio, sumisión ni desamparo. Hecho de la vida, El Chico de las Estrellas optó por su primer acto de rebeldía: **Un aro en el labio.**

«Rebeldía.
Me perforaron el labio, pero estoy feliz.
Quizá no sea el piercing, sino todo lo que envuelve.»
Somos instantes.

El Chico de las Estrellas conoció a gente que no se atrevía a tatuarse porque los tatuajes no se quitan, que no besaban por si se separaban, que no viajaban en avión por si se caían, que no se ponían zapatos rojos por el qué dirán.

Se rebeló contra el mundo muerto donde los sueños llegaban descalzos y despeinados a Ninguna Parte y contra la gente que vive sin hacerlo del todo. Contra los que viven con el «Y si luego…» en la boca. Y contra los que dejan lo que quieren hacer por el miedo a arrepentirse.

Un minuto de silencio por todas esas cosas que nunca serán. Que nunca harás. Un minuto de silencio por los cobardes.

Aprendió a admirar a las personas valientes. Y a todas esas cosas que ellos dejarán que pasen, con todas sus consecuencias.

Aprendió a amar a esas personas que no le tienen miedo a vivir.

Y se hizo su piercing.

Toda la disciplina del instituto cayó sobre él. Y él pudo con ella.

Montó un castillo sobre aquel aro de metal que envolvía el costado izquierdo de su labio, al que no pudieron subirse normas, ni castigos, ni amenazas, ni bromas, ni jefes de estudios, ni el profesor de Educación física.

Ni siquiera La Dama de Hierro pudo con aquel castillo de metal.

Pero ya te digo, querido lector, que aquel no fue su primer acto de rebeldía. La segunda fuerte pisada en el suelo fue la graduación de cuarto de la ESO.

El diecisiete de junio de dos mil diez, El Chico de las Estrellas subió al escenario del salón de actos con pajarita, tirantes caídos y sus botas de luna. Las plateadas.

Uno no puede dar grandes pasos sin grandes zapatos.

Sonrió, y con total falta de educación empezó a leer el discurso que había preparado y medio claustro de profesores se había esforzado por censurar.

Lo leyó con una sonrisa de medio lado que indicaba a su equipo, esos amigos imperfectamente mágicos, letra a letra, que debían interpretar la crítica.

La Arquitecta de Sonrisas aplaudió.

Sus amigos aplaudieron.

La Dama de Hierro aplaudió.

La Arquera Encapuchada aplaudió.

Y El Gigante del Norte también.

(El Gigante del Norte fue una de mis personas favoritas en aquel instituto. Fue mi profesor de Historia, y gracias a él sé que América no es un descubrimiento sino un hallazgo fortuito, pues en ella ya había indígenas.

Aquel hombre nunca me lo dijo directamente, pero él creía en mí. Y yo lo sé porque ni él ni El Chico de las Estrellas tenían nada que ver con aquel instituto.

El Gigante del Norte jamás me dijo: «Quítate el piercing». Ni censuró un ápice de las verdades que escribí.

Aquel vasco me enseñó muchas más cosas de las que él cree, tantas que antes de que terminara el curso decidí regalarle uno de mis libros favoritos: *La ladrona de libros*.

Aquel hombre sabe mucho. Ojalá algún día nos volvamos a ver. Lo echo de menos.

Solo la pajarita y la sonrisa de medio lado ya significaban más que todas esas palabras que se habían perdido en la censura.)

Al año siguiente, El Chico de las Estrellas decidió contarles a sus amigos imperfectamente mágicos quién era realmente.

Comenzó una campaña lenta pero constante con la que poco a poco trató de explicar que él no era un chico cualquiera. Como si sus amigos no lo supieran ya.

Los siguientes en descubrirlo fueron las personas que estaban detrás de la pantalla.

El Chico de las Estrellas estaba a punto de hacer algo que, sin darse cuenta, le iba a cambiar la vida. El Chico de las Estrellas era vagabundo en su vida real pero príncipe en la red social. Calcetines rotos para andar por casa y una corona en la arroba.

Abrió una cuenta de Twitter.

Sin saber que se convertiría en esa cosa tan rara a la que llaman *twitstar*.

Pero abrió una cuenta de Twitter de la forma más normal del mundo, como el resto de los jóvenes. Y jamás... JAMÁS pensó que en Twitter logaría un nanoimperio.

Utilizó como pseudónimo el nombre de Peter Pan sin saber que, desde entonces, lo conocerían como Peter Pan para siempre.

Las mejores cosas pasan sin pretenderlas.

Empezó a escribir para sus, entonces, poquitos seguidores. No recuerdo si eran cien o ciento veinte como mucho. Pero oye, sus ciento veinte.

Descubrió que escribir lo aliviaba. Las pantallas lo ayudaron a darse cuenta de que había vida tras su pueblo de piedra, donde los insultos le llovían en cualquier momento que cruzaba la esquina.

Se dio cuenta de que hablar sobre sí mismo lo ayudaba, y que, a su vez, esto ayudaba a otros chicos como él.

Así que además de Twitter, abrió un blog. Su blog.

EL DESVÁN DEL DUENDE

Donde cada noche se reunían unos cuantos duendecillos como tú y como yo a leer lo que tenía que decir. Lo que le había pasado durante el día. Lo que había reído. O llorado.

Sus reflexiones y pensamientos quedaron registrados en aquel blog, donde más chicos como él se sentían a diario amparados. Por lo que esos preciados doscientos veinte seguidores no tardaron en convertirse en mil.

Me sorprendió descubrir cuantísimo valora la gente la honestidad.

El secreto para triunfar en una red social
es no ser tan social en la vida real.

Escribir para sus niños perdidos se convirtió casi en un ritual nocturno. A veces Twitter se saturaba, y aquí es cuando mi «yo futuro», El Chico de las Estrellas de ahora, confiesa que eché de menos un mensaje sobre mi pantalla que pusiera:

«Twitter está saturado en estos momentos,
¿por qué no sales ahí fuera y vives un poco?».

Pero, caray, querido lector. Es que aquí fuera se metían muchísimo conmigo. Y sin embargo, ahí dentro, encontré a gente que me entendía.

Mi «yo futuro» también reconoce que las tecnologías ayudaron al Chico de las Estrellas. Pero ahora, sigamos con la historia.

Siempre supo que él no era como sus amigos. Que nunca crecería. Que se pasaría la vida jugando mientras ellos dejaban de hacerlo.

Y por eso intentaba mantener a los niños de sus amigos con vida el mayor tiempo posible.

Cuando notó que el instituto terminaba, que todos crecían, que ya casi no quedaba tiempo para jugar... se tatuó la sombra de Peter Pan en la pierna.

Aquel fue otro gran instante de rebeldía. De esos que colecciona nuestro protagonista. Yo lo llamo: **El Instante de Tinta y Sangre.**

Fue como una de esas veces en que alguien recoloca una pieza de un conjunto que no acabas de comprender. Y esa pequeña pieza lo cambia todo.

Y de pronto, este mundo muerto donde los sueños llegan descalzos y despeinados a Ninguna Parte cuadró un poco.

Sus amigos imperfectamente mágicos no se habían planteado seriamente la posibilidad de que El Chico de las Estrellas fuera Peter Pan, pero aquel tatuaje fue la pieza perdida que acabó encajando para cambiarlo todo.

Por eso El Chico de las Estrellas se había rodeado de amigos como ellos, desencajados, fuera de cualquier grupo, perdidos al fin y al cabo.

Por eso le gusta tanto escribir cuentos.

Por eso El Chico de las Estrellas no era Peter Pan.

Él es El Chico de las Estrellas.

Y con eso

basta.

9

Escrivivir

**Sueños que vuelven que nunca
se fueron del todo.**

El Chico de las Estrellas es escritor. Y no es el mejor, pero lo hace bien. Porque mientras los demás se limitan a intentar imaginar vidas ajenas, él escribe la suya.

Creo que eso fue otra de las cosas que llamaron la atención a La Mujer de las Velas sobre su paciente. Escribe historias de un modo curioso donde el autor es el protagonista.

Cuando la gente escribe, la mayoría lo hace para poder vivir cosas que en la vida real no pueden vivir. Imaginar personajes que no son, en mundos que no existen, haciendo cosas que no pueden hacer.

Él no.

Él no necesitaba todo eso. Ya es el protagonista de su vida. Él es Potter y es Pan. Es Atreyu, Alicia y Momo. Y tantos otros que ni siquiera conoce.

Cuando escribe, lo hace para contarles al resto las cosas que pueden hacer en este mundo. Demuestra que no es necesario irse a mundos lejanos, ni inventar paisajes y personajes exóticos para hacer magia.

—¿Qué te gusta hacer, Peter?

—Escribir.

—¿Escribes?

—Sí.

—¿Por qué?

—Porque **escribir es mirar dentro de lo que no se ve**.

Ay. Me encantó esa respuesta. Le llamó la atención. Y a mí también, nunca me salen respuestas tan acertadas.

—¿Y sobre qué escribes?

—Sobre cosas.

Y quien dice «cosas» dice «un poco sobre mí». Un poco sobre utopías. Un poco sobre lo que pienso cuando me quedo a solas, justo antes de dormir. Un poco sobre todo y un mucho sobre nada, en realidad.

—¿Puedo leer algo tuyo?

—No. Bueno, sí. Bueno, no sé…

—Lo que tú quieras, Peter, algo que te guste.

Me encantaba cuando La Mujer de las Velas me llamaba Peter…

Cada vez que El Chico de las Estrellas empieza algo, compra un cuaderno del color que quiere que tenga ese algo. Tiene muchos comienzos, pero muy pocos algos terminados.

Pero entonces recordó la primera vez que terminó un algo. Recordó haber ido a comprar un cuaderno de portadas blancas en la papelería de abajo y haberlo llamado:

Y tras llamarlo, vino y lo empezó. Lo terminó. Lo mandó al Certamen Literario Maestro Miguel. Y lo ganó.

Y es uno de los muy pocos algos que El Chico de las Estrellas ha terminado. Y es uno de los muy únicos algos que El Chico de las Estrellas ha ganado.

Con honestidad, no fue un premio tremendamente prestigioso, superalucinante ni megaimportante, pero fue bonito, pequeño y suyo. Lo que lo hace muy especial.

Y por eso le gusta tanto. Lo escribió en clase de Matemáticas con una pluma Bic, un cartón de jugo de melocotón en el cajón y una maraña de ideas sin adulterar. Con quince años. Entre curso y curso mientras los «¡maricón!» hacían de banda sonora.

**Puede que el secreto de las grandes cosas
sea juntar muchas pequeñas.**

Y por eso lo quiere. Y por eso El Chico de las Estrellas se lo enseñó a su psicóloga (y por consiguiente a ti, querido lector), porque es su primer algo de portadas blancas y título respetable terminado:

Efectos anestésicos

Comenzaba. Empezaba a amanecer, y aunque los tibios rayos del sol ya se entrelazaban traspasando las ásperas cortinas de la habitación, todo permanecía oscuro […]

Dormía. El muchacho dormía plácidamente en una antigua cama de patas de madera en la que aparecían esculpidos dibujos similares a los que hacía el humo de una hoguera. Descansaba, relativamente. Oyó cómo cuerdas de mimbre atadas a una silla de madera se destensaban muy lentamente, una figura esbelta que se había incorporado al fondo de la semioscuridad...

Entonces el muchacho abrió los ojos, de golpe, como en un acto involuntario. Sus pupilas surfearon lentamente la habitación como si fuese un lugar desconocido [...]

Dirigió su mirada como un arco recién cargado hacia la silueta. Se acercaba poco a poco mientras los latidos del órgano vital del muchacho se aceleraban. Se acercaba con andares irregulares y anchos hombros.

El muchacho no se pudo mover, estaba adherido a la cama. Intentó gritar pero fue en vano. Nacieron el miedo y la agonía. Murieron el valor y la esperanza. La silueta llegó al borde de la cama y cuando levantó su brazo, el muchacho se desvaneció lentamente en un cerrar de ojos...

[...] Abrió los ojos de golpe. Inundaba el frío. No pudo evitar gritar. No paraba de nadar, de lo contrario se ahogaría. Se encontraba en un lago sin límites, profundo como el mundo. El chico intentó divisar una orilla sin éxito alguno. Dio varias vueltas sobre sí mismo, pero nada.

Llegó la noche, y con ella, el viento helado. Se sumergió para comprobar sus sospechas. Intentó palpar el fondo con el pie, pero en efecto, no había. La luz de la luna bañándolo [...]

Ya hacía varias horas que el chico nadaba sin rumbo para salvar su vida, pero estaba exhausto. Las piernas dejaban de responderle, su cuerpo estaba entumecido y dejó de nadar. Fue lento, sus pies comenzaron a sentir las algas, aguas malditas investi-

gando por todos sus recovecos. La luna no llegaba tan hondo, solo había tinieblas. TINIEBLAS.

Se quedó sin respiración. Y lentamente, aspiró.

—¡Paletas! —ordenó un hombre de blanco esperando el elemento quirúrgico. Las impregnó de un gel transparente y las estampó contra el pecho desnudo del muchacho.

»¡Carga doscientos! —El cuerpo del joven inerte se impulsó contra la camilla pero su cuerpo continuó inerte.

»¡Carga trescientos! —El hombre repitió el mismo procedimiento sin éxito. El cuerpo del muchacho quedó en aquella sala fría donde el doctor antes de comenzar la operación le había preguntado:

—¿Es usted alérgico a algo?

—Al dolor.

La Mujer de las Velas quedó desconcertada. Al Paciente de las Estrellas se le ocurrió escribir sobre lo que una persona sueña con los efectos de la anestesia… ¿Cómo sería estar dormido mientras boxean la vida y la muerte?

Al Chico de las Estrellas le resultó poético escribir sobre lo que posiblemente sería el último sueño de una persona antes de morir. El sueño del quirófano.

Nunca entendió su idea. Pero La Mujer de las Velas, sí. Y eso fue alucinante. Le hizo ver cómo plasmó su vida en un muchacho onírico. Sus reminiscencias en la silueta de El Hombre del Bigote Negro acercándose a darle una paliza… Ahogarse en el lago de su propia vida de nueve de la mañana a cinco de la tarde. Sus años de instituto.

A la psicóloga le gustó que escribiera. Resultó ser una forma más sencilla de analizarlo, y por ello, su psicóloga se convirtió automáticamente en un duendecillo más de El Desván del Duende. En una niña perdida más en su Twitter. En la aguja que había encontrado por dónde hacerle el análisis a la piedra.

Escribir lo salvaba. Y debía seguir haciéndolo.

A La Mujer de las Velas le gustó tanto que le compró unos boletos a esos sueños que vuelven porque nunca se fueron del todo. Le confesó lo mucho que le fascinaban sus escritos, aunque él no los encontraba realmente fascinantes.

Escribir fue un refugio. El principio de su autoaceptación. Y el pistoletazo de salida para aquel niño que lo había perdido todo.

Escribir lo ayudó a ser él. A entenderse. Y a entender que si quería ser feliz… debía dejar de mentir.

Para ser feliz… El Chico de las Estrellas debía dejar de mentirse.

O lo que era más importante.

Dejar

de

mentir

a

su

novia.

10
Lady Madrid

**O cómo ser una princesa equivocada
pero princesa al fin y al cabo.**

Sería injusto decir que Lady Madrid no significó demasiado para El Chico de las Estrellas sin explicar antes que El Chico de las Estrellas significó mucho para ella.

Lady Madrid apareció en ese momento en que alguien viene a cambiar tu vida. Se conocieron en clase de Teatro, y cuatro años después (o lo que dura el instituto) se ~~enamoraron~~ enamoró de él.

Paradójicamente, en cuatro años dejaron el teatro, aunque uno de ellos no se quitó la máscara.

¿Adivinas quién?

Sus cabellos eran del color del betabel y su mirada le robó la oscuridad a la noche. De cejas pronunciadas y mentón delicado, pequeña sonrisa de Amélie y alma perezosa. Pero no perezosa de quedarse en la cama los domingos, perezosa de *Todo*, *Princesas* y *La chica de Tirso*. Perezosa de «mejor reírse, es lo más serio». De Satanás y de *La Cenicienta*. Perezosa de los dandis y poetas; Rubén Pozo y Leiva.

70

Camina sin pisar las rayas del suelo, conserva su colección de películas gorditas (VHS) y su especialidad en la cocina son los espaguetis a la carbonara y enamorarse a fuego lento.

Cuando pide hot-cakes se los come con miel de maple, como hacen en las películas americanas, y juraría que le nace una peca por cada momento especial.

El Chico de las Estrellas no es el primer amigo gay que ha enamorado a su amiga. Ni será el último. Él no patentó matar la soledad con la búsqueda de cariño. Pero no quiero que nadie piense que esto lo hizo bien. El Chico de las Estrellas no se portó bien con Lady Madrid. Bueno, no se portó bien consigo mismo y por eso, no supo cómo portarse bien con ella. Lo siento, Lady. **Te pido perdón.**

Llegaron a teatro porque pensaban que eran buenos actores. Bueno, no sé si Lady Madrid lo pensaba, pero seguro que ya no lo piensa, lo cual me alegra.

Su mayor éxito fue llenar cuarenta y siete butacas rojas del viejo salón de actos del pueblo.

Señoras cincuentonas y nietos melosos viendo cómo interpretábamos monólogos del Club de la Comedia. Estuvo bien.

Hay alguna que otra señora que todavía me para por el pueblo porque sigue pensando que éramos buenos actores, lo cual me hace gracia y me preocupa por partes iguales.

Practicaron desde pequeños junto a La Arquitecta de Sonrisas (es que ella no se perdía nada, estaba en todo) en una sala de espejos que pidieron prestada al ayuntamiento para perseguir uno de esos sueños que llegan descalzos y despeinados a Ninguna Parte. Por aquel entonces eran

71

niños, alejados de imaginar que, de sus bocas, harían una historia de amor.

Fíjate, querido lector…

¡Disfraces!, ¡maquillaje!, ¡música!, ¡faldas voladoras!
¡Peines en forma de micrófonos!
¡Y sombreros, MUCHOS SOMBREROS!

¡No dejes de mirar! Parecen enanitos correteando por la alargada sala de espejos, saltando sillas, mesas y vergüenzas enteras, colgándose de las lámparas, está sonando fuerte *Ain't No Mountain High Enough*.

No existe un lugar al margen del mundo,
pero hay momentos que hacen que te olvides
completamente de él.

Momentos en los que saltan chispas. Suerte que Lady Madrid lo dejaba todo recogido antes de que las estrellas se vistieran de fiesta, así nadie los descubriría. ¡Qué felices fueron todos esos juegos!

Ellos pensaban que iban a hacer grandes cosas.

Solo nos miraban los espejos y unos niños que se asomaban de vez en cuando por el agujero de la puerta.

Haremos grandes cosas, Lady Madrid, no te quepa la menor duda, pero no creo que sea en el mundo de la interpretación y sus luces. Al menos en lo que a mí respecta.

Lady Madrid solo hizo una segunda cosa mejor que enamorarse de El Chico de las Estrellas: Bailar.

Y no aprendió a bailar como aprende a bailar cualquiera. Nunca bailó para enseñar, ni lucir, porque ella ya era la estrella de los tejados. Como dice la canción: *Los gatos andábamos colgados...* **Lady Madrid.**

Con los años, el roce hizo el cariño. Y el cariño, un incendio de grado ocho. Lady Llama amó, lloró y jamás se apagó.

Era la chica más bonita del pueblo, levantaba pasiones entre otras cosas. A heterosexuales y a no tan heterosexuales.

Estoy seguro de que lo que provocó que El Chico de las Estrellas se fijase en Lady Madrid fue el hechizo de la admiración.

El Chico de las Estrellas jamás se ha fijado en alguien a quien no admirase. Y mucho menos, se ha enamorado. Ha conocido a gente preciosa, querido lector, en serio, superpreciosa, pero que no le decían nada.

Gente en la que no se fijó, a pesar de la belleza. No los admiraba...

Lady Madrid bailaba sobre el escenario con la anarquía en los cabellos...

¿Cómo no iba a admirarla?

Aunque por desgracia, nunca tanto como ella a mí.

¿Cómo será saber que nunca podrás hacer feliz a la persona que amas?

Lady Madrid no estaba en la naturaleza del Chico de las Estrellas, claro que eso ella no lo sabía. Porque no lo sabía ni él.

La última actuación de Lady Madrid y El Chico de Nuestra Historia terminó con un lleno absoluto de butacas rojas en el viejo salón de actos del pueblo.

Las señoras cincuentonas aplaudían comedidas, como si fueran al teatro de verdad. Eran nuestras fans más incondicionales. Cómo nos gustaban aquellas señoras…

Aplausos

Los nietos que las acompañaron a nuestras primeras actuaciones crecieron. James Matthew Barrie ha dicho algunas cosas importantes, pero mi favorita siempre será:

«Un niño nunca debería irse a dormir,
porque cuando despierta es un día más mayor».

La mayoría de estos nietos se habían ido demasiadas veces a la cama, porque ya no vinieron a vernos. Solamente espero que cuando eso sucedía, ninguno de esos pequeños despertara en la casa de El Señor del Bigote Negro. Terrorífica y cruel. Me estremece recordar.

Aunque algunos de ellos sí vinieron. Los menos pero los mejores. Los que crecieron y cuyo niño interior sobrevivió.

Aplausos

En las últimas butacas no aplaudían. Como en los autobuses, los malos siempre se sientan al final. Algunos de los demonios de mi instituto estaban allí. Habían venido a ver principalmente a la tremenda Lady Madrid, caray, normal. Soy gay, querido lector, pero así y para que nos entendamos, estaba buenísima.

¡Maricón!

Le gritaban los del fondo contaminando los aplausos que llevaba trabajando durante meses en la sala de los espejos. Ya no se le tornaban los ojos vidriosos. Ya no temblaba cuando pasaba por su lado. Pero estaban haciéndole más daño interiormente de lo que él mismo pudiera imaginar.

El Chico de las Estrellas se había vuelto impermeable.

Pero llegaron los aplausos de La Dama de Hierro. Y como es de hierro, eran los que sonaban más fuertes y apagaban los gritos del fondo. Ella no se perdía una actuación.

El Chico de las Estrellas terminó el instituto y teatro a la vez, convencido de que era heterosexual.

Porque sí.
Porque era lo que el mundo decía que tenía que ser.
Porque era lo que no dolía.
Porque ser gay era una mierda.

Como habrás podido comprobar, querido lector... Lady Madrid tenía muchos pretendientes. Pero por alguna razón que todavía desconozco, ella se fijó en mí. Y bueno, él tenía muchas ganas de demostrar que era heterosexual...

Confundí amistad con amor (porque quise confundirla).

Y tras la última gran obra de la que te hablaba, Lady Madrid le pidió que la acompañara a casa...

Créeme,

de haber estado allí,

cualquiera de nosotros,

nos hubiéramos enamorado

de ellos.

El sol se estaba poniendo el piyama sumergiéndose tras las casas del fondo, mientras la luna se calzaba los tacones. Qué matrimonio tan desestructurado.

Fue un anochecer de chocolate caliente en vasos de cartón-plástico y alientos blancos, los de cuando hace frío.

Sus miradas parecían cosidas a la eternidad, no se miraban el uno al otro, y lo cierto es que tampoco era necesario. Hay silencios incómodos y silencios en los que nos quedaríamos a vivir para toda la vida.

Y ella lo hubiera hecho; solo necesitaba unos segundos de ventaja y al duende del tiempo para firmar el contrato que congelara ese momento.

Para petrificar al Chico de las Estrellas en el banco que había frente a su casa.

Entonces Lady Madrid partió el silencio en dos y hacía tanto frío que dolió el doble.

—¿Cuántos años cumples?

—Muy pocos —dijo El Chico de las Estrellas sonriendo y volviéndose para acoger su mirada.

Ella sabía perfectamente los años que cumplía. Dieciocho.

Era raro porque ni siquiera asomaba el típico bigotillo tonto bajo su hocico. No tenía marcas de acné, ni el pelo peinado. El Chico de las Estrellas podía tener dieciséis años si quería.

Lady Madrid clavaba sus ojos de miel sobre sus labios. De hecho «ojos de miel» me parece un término ofensivo para la realidad. Lady Madrid tenía ojos de limón. De pura ciencia ficción. Y no es que fueran excesivamente grandes... pero eran perfectos. Esas pestañas de carbón... fundidas con el dorado de fondo... lástima que fuera la mirada más femenina del mundo.

—Eres idiota. ¿Cuántos son muy pocos exactamente?

—Muy pocos. De verdad que los años me parecen tan... hipócritas. Las personas no somos cifras.

Realmente era intrigante oírlo hablar. El Chico de las Estrellas tiene esa habilidad especial que lo volvía asquerosamente adorable, contestaba sin decir nada. Y le encantaba que le insistieran...

Y probablemente esto con otra persona no hubiera dado resultado, pero ella estaba maravillada con él. Lady Madrid jamás podría haber reconocido esto en voz alta. Ni siquiera en pensamiento alto. Estar enamorada era uno de los pensamientos más susurrados en su cabeza.

—¿Acaso crees que tienes diez añitos, Peter Pan? —se burló ella. Intentaba hacer que se sintiera inferior hablándole como a un niño pequeño. Pero, en realidad, El Chico de las Estrellas estaba consiguiendo lo que quería, pues ella cada vez estaba más embadurnada de su sonrisa.

—Te contaré un secreto. —Le apartó el mechón de pelo que abrigaba su oído y le susurró entre alientos dulces:

—La edad no se mide en años... sino en ganas.

El aliento del Chico de las Estrellas derritió a Lady Madrid. Fue rápido, precioso e improvisado, porque tras el secreto, ella miró intermitentemente su boca, lo agarró del pelo… y lo besó.

Se mezclaron despacio por dentro. Y mientras Lady Madrid pensaría:

«Por fin, caray… ya es mío».

El Chico de las Estrellas pensó:

«¿Soy hetero ya?».

Él jamás olvidará ese beso.
El beso fue nominado directamente a:

1. Mejor actor.

2. Mejor beso revelación de invierno.

3. Mejor guion y reparto.

Y aunque fue un beso corto y torpe, fue merecido.

Y aunque fue heterosexual y creíble, era gay.

Y aunque para ella fue real, él ganó el primer premio.

Lo siento.

11
Un gigante en una botella

**O cómo hacer Navidad
entre las piernas.**

Hola. Soy chico y no me gusta el futbol. Las fiestas de alcohol y humo me aburren, y mi filosofía de vida es un personaje londinense difícil de entender, espero que no te importe. Esta es mi novia.

Hola. ¿Has visto un gato negro? Seguramente no, claro, es negro y dan mala suerte. Mi madre lo encierra en la terraza durante días y a veces se escapa. Se llama *Azúcar* y me lo regaló mi novia. Si lo ve, por favor, dígamelo.

Hola. Hoy cumplimos cuatro meses mi novia y yo, ¿no es genial?

Hola. Me compré una talla M de la camiseta más bonita del mundo, la de estrellas. Unos guantes sin dedos y un gorro de lana de punta caída. Por cierto, esta es mi novia.

Hola. Hace toda mi vida que me pregunto dónde estás y me gustaría saber si piensas en mí. A veces sueño que vienes a rescatarme, papá. Me gustaría presentarte a mi novia.

Hola. Este momento es bonito. Voy a llorar un poco aunque no sé por qué. Pero antes tomaré una foto retina

79

porque me gusta coleccionar instantes y te diré que tengo novia.

Hola. El mundo ya no me llama «maricón». Ahora la gente se fija en mí y no es por la camiseta de estrellas. Es porque tengo novia.

La paz entró en mi vida sin llamar y tenía el pelo largo.

Las bocas empezaron a cerrarse. Empecé a vivir (y por consiguiente, a equivocarme).

Siempre he sido duro conmigo mismo por permitir que esto sucediera, querido lector. Pero aquello me salvó un poco la vida, me arrepiento del autoengaño. Y de haber engañado a Lady Madrid, pero con el tiempo he entendido que cualquiera puede tropezar cuando las luces están apagadas.

Porque así estaba mi vida, apagada.

El beso marcó la fecha. Y con los meses, la fecha se hacía más y más grande, casi tanto como la mentira.

El Chico de las Estrellas solía masturbarse en la ducha...

Pensaba en ella... y no podía.

Pensaba en ella... y no podía.

Se obligaba a seguir pensando en ella y se enfadaba consigo mismo si no hacía Navidad entre sus piernas.

Pensaba en ella... y no podía.
Pensaba en ella... y un poquito
en algún que otro chico que lo traía de cabeza... y ya.

Y entonces, sí.

Y entonces, la Navidad nevaba entre sus piernas.

Y entonces, El Chico de las Estrellas se iba a dormir feliz. Porque claro... se había derretido pensando en Lady Madrid, su novia.

Estaban los dos en la cama del Chico de las Estrellas cuando Lady Madrid ardió.

Se abalanzó sobre su novio y comenzó a besarlo. Puso su mano de terciopelo sobre la hebilla de su cinturón y su pecho sobre mi cuerpo. Pero al Chico de las Estrellas no le excitaba. Apartó la mano de su novia delicadamente... pero ella volvió a la carga.

Forzó los músculos del recto abdominal... pero no funcionaba.

Se quitaron las camisetas y juntaron sus pieles. Ella estaba tan suave... su cuerpo no excitaba sexualmente al Chico de las Estrellas pero encontraba en él cierto encanto, cierto cariño, cierto refugio.

Se quitaron los pantalones y jugaron a besarse largo durante toda la noche... a rozarse lento... a perder el aliento y a morirse de ganas.

Sus cuerpos entrelazados no dejaban hueco en el colchón, que estaba en llamas.

Los finos dedos de Lady Madrid acariciaban su pecho, erizándole el vello, descendiendo lentamente... hasta llegar al resorte de sus calzoncillos, su boca descendiendo a los infiernos con forma de «O».

Lady Madrid introdujo su mano y comenzó a tocarlo. Lentamente... de arriba abajo... besándolo... despacio...

El Chico de las Estrellas la emuló e introdujo la mano en su ropa interior. Un par de dedos rozaron la superficie de su sexo; uno de ellos se introdujo lentamente en Lady Madrid, que le regaló un gemido entrecortado. Aquello estaba muy húmedo. Y ella no paró de tocarlo.

Y él tampoco dejó de tocarla a ella.

El Chico de las Estrellas aprendió a disfrutar del gozo de su novia. Del placer que se le dibujaba en la cara cuando este le entregaba el cuerpo a merced de unas manos que se fundían entre sus piernas.

El Chico de las Estrellas aprendió a pensar en otro chico mientras la besaba. Y luego en otro cuando Lady Madrid metía las orejas en el centro de su andar. Y después en otro cuando hicieron el amor por primera vez. Y en otro la segunda... Y la tercera...

Con el tiempo, el sexo con Lady Madrid fue siendo más fluido, más placentero, más posible. Y más triste.

Y así, El Chico de las Estrellas y Lady Madrid se regalaron la virginidad. Ella disfrutándola como merecía. Y él, violándose a sí mismo, obligado a creer que amar era estar sometido a lo que la sociedad había decidido en contra de sus sentimientos.

**Las cosas más tristes son las que deberían ser felices
y no lo son.**

El Chico de las Estrellas perdió aquello
que no recuperará jamás de mentira,
con un gigante gay embotellado en el corazón
que pedía a gritos misericordia.

El Chico de las Estrellas dejó de ser virgen
forzándose a tener el pene erecto,

atando su **corazón**

a un **ancla** de autoengaño

que caía en picado

a una sociedad

donde ni los sollozos de su pequeño gigante
enfrascado

fueron escuchados.

83

12

18 diciembres

**Cuando lo mejor de escapar
es que volverás.**

Volvía de casa de Lady Madrid solo, por ese mundo muerto donde los sueños llegaban descalzos y despeinados a Ninguna Parte, cuando una pedrada impactó contra la cabeza del Chico de las Estrellas.

Se arrodilló en el suelo para no caer y apretó la herida que sangraba a borbotones por la cascada de su nuca.

La calle estaba a oscuras, y las ciclotímicas luces de las farolas que aún tintineaban estallaban en su cabeza.

—¡Gay de mierda!

«No es posible», pensó El Chico de las Estrellas, que cuando consiguió estabilizar su cuerpo se dio la vuelta pero allí ya no había nadie.

Los protagonistas de la escena fueron él, aquella piedra junto a sus pies y una farola bostezando sobre ellos.

El Chico de las Estrellas llegó a su casa, y La Mujer Que en Vez de Respirar Fuma estaba durmiendo. Se dirigió directamente al baño donde se quitó la camiseta empapada de sangre y se enjuagó la herida en el bidé.

No despertó a su madre porque recordó que cuando era niño y se ponía enfermo, esta entraba en cólera si le tocaba llevarlo al médico.

Eran las tres de la mañana, así que tampoco llamó por teléfono a La Dama de Hierro.

Pensó por un momento en Lady Madrid. Y tampoco.

Esa fue la primera vez que El Chico de las Estrellas se planteó seriamente la posibilidad de ser un gay de mierda sangrando enfrente del espejo, sin valor para enfrentarse a sí mismo.

Descubrió que aquella era su guerra y no la de su familia, amigos o novia.

«¿Y si es cierto?»

Le preguntó al espejo.

«¿Y si me gustan los chicos?»

Una lágrima de sinceridad brotó del lagrimal del Chico de las Estrellas. El insólito viaje de la lágrima sincera, como diría María Villalón.

Esa pedrada infundó en su interior una guerra. La guerra más difícil a la que El Chico de las Estrellas se ha tenido que enfrentar. La guerra consigo mismo.

«Qué triste, ¿no?
Terminar dándoles la razón a aquellas personas que desde pequeño me han jodido la vida.»

Pensó El Chico de las Estrellas.

Defraudar a todas las personas que habían creído en él, luchado en su nombre; a su familia, a sus amigos, a su novia, a sí mismo…

El Chico de las Estrellas guardó en una bolsa de basura el revoltijo de toallas ensangrentadas y la camiseta que había manchado, la ató muy fuerte y la bajó a escondidas al bote de basura más cercano, como el asesino que se desprende del cadáver.

Nadie supo jamás nada sobre la pedrada.

La herida se curó. Pero El Chico de las Estrellas no.

Meses después, El Chico de las Estrellas colocó un par de vasos en el marco de su ventana, esperando que el mundo le diera la respuesta que estaba deseando. El mundo no se la dio, pero aun así, El Chico de las Estrellas sintió que debía hacerlo. Se calzó sus botas plateadas y se descosió los labios junto a La Mujer de las Velas.

Admitir su homosexualidad ante su psicóloga lo llevó a pedirle algo a La Dama de Hierro: huir.

—Pero, tesoro… ¿y tus estudios? —preguntó ella preocupada, sin saber el porqué de su necesidad de irse.

El Chico de las Estrellas acababa de marcharse de casa de La Mujer Que en Vez de Respirar Fuma para vivir en la casa blanca de La Dama de Hierro, y aun así, necesitaba irse.

—Los terminaré en cuanto regrese, lo necesito… —supliqué.

La Dama de Hierro nunca replicó. Ella notaba en mi mirada cuándo necesitaba algo de verdad. No sé de dónde sacó el dinero, ni si le costó muchísimo conseguirlo, pero lo que sí sé es que al cumplir los dieciocho años, El Chico de las Estrellas se despidió de Lady Madrid porque se marchaba cinco meses a Londres.

El Chico de las Estrellas también se despidió de sus amigos y del resto de su familia, y si alguien preguntaba por qué se marchaba... el solo respondía que necesitaba aprender inglés. Y el mundo fue tan tonto que se lo creyó.

El Chico de las Estrellas se marchó y juraría que no regresó siendo el mismo.

Cumplí dieciocho diciembres en casa de mi novia, arropado por una fiesta sorpresa que habían preparado mis amigos mágicamente imperfectos. Lady Madrid estuvo allí conmigo. La Arquitecta de Sonrisas también. Todos estuvieron con El Chico de las Estrellas. Aquellos regalos fueron maravillosos, aquella despedida también fue maravillosa. La vida estaba siendo maravillosa pero él necesitaba escapar. Y ningún chantaje del destino ataría sus pies al suelo.

Pero no escapará sin que antes conozcas a alguien, querido lector.

El Chico de las Estrellas se marchó a Inglaterra sin saber que era El Chico de las Estrellas.

En aquellos dieciocho diciembres, alguien le regaló el mejor regalo de su vida: una agenda. Pero no una agenda normal, querido lector. Era una agenda de cubierta negra llena de acuarelas con sus mejores momentos junto a La Chica del Reloj de Pulsera.

Ya puedes levantar el segundo dedo de la mano, querido lector. La Chica del Reloj de Pulsera es otra de esos amigos importantes que deben contarse.

Esa agenda me acompañó en el viaje que me deparaba la vida y fue la encargada de darle título a nuestra historia.

La Chica del Reloj de Pulsera es la magia con el pelo más rizado que he visto nunca. Cena berenjenas, por alguna extraña razón le dan miedo las películas de miedo y te regaña si tiras la envoltura del desayuno al suelo. Toca el piano, dibuja bonito, escribe fuerte pero no es la reina del pop. Corre rápido, dona sangre y viaja con las manos llenas de ayudar. África en el corazón, pero no es Nelson Mandela.

En efecto, no para. Anda por aquí y por allá con la lengua en los labios. Si alguna vez la reconoces y consigues preguntarle: «¿Qué haces?», solo te contestará: «Cosas».

Pero como yo soy menos modesto, te diré exactamente lo que hace:

Ayudar al mundo cuando el mundo no está mirando.

Y es que para que la vida sea mejor, para que las vidas sean mejores, necesitamos personas como La Chica del Reloj de Pulsera, desprendida del aplauso del final, de reconocimientos, de condecoraciones de goma. Todo lo demás lo hace de mentiras.

Ya ves, querido lector, me estás leyendo a mí, que soy lo que aprendí de ella. Pensarás que sé algo de la vida, pensarás incluso que soy… qué sé yo: ¿listo?, ¿alguien interesante? ¡Oh, vamos! Ella me sopló las respuestas en inglés cada curso, me bautizó como El Chico de las Estrellas.

Unos cardan la lana y otros llevan la fama. Si hoy estoy aquí, probablemente sea también gracias a ella.

Una cosa más. Por extraño que parezca, La Chica del Reloj de Pulsera no lleva reloj de pulsera. Y esto me gusta. Mucho. Porque llevar relojes es de cocodrilos. Abrocharte el tiempo a la muñeca... ¿y quién soy yo para tener el tiempo? Vivir deprisa y con prisas, no disfrutar suave de las piezas de la vida, cronometrar los momentos...

Aprendí mucho con La Chica del Reloj de Pulsera.

Su habitación es naranja. Y el naranja es el color de la amistad. ¿Tu habitación también es naranja? Enhorabuena, tu alma fluye. Si por el contrario tu habitación es blanca como un fantasma, eres un rollo. Supongo que no te queda más remedio que soplarle a la luna. Pronto te contaré lo de la luna, prometido.

¿Por qué La Chica del Reloj de Pulsera? Porque así la conocí.

¿Recuerdas cómo conociste a tu mejor amiga? Haz memoria, hasta tú mismo podrías sorprenderte. No importa que ya no lleve ese reloj gris desgastado que, entre tú y yo, era horrible; lo que importa es que una vez, hace la friolera de nueve años, yo le pregunté la hora. Y desde entonces, nadie, jamás, me ha dado la hora tan bien como ella.

La hora de conocernos.

Ni un regalo tan especial que llevar conmigo.

Ahora sí que sí, querido lector...

Cuando terminé de atarlo todo.

Cuando me despedí de mis amigos.

De La Dama de Hierro.

De Lady Madrid.

Cuando cumplí dieciocho.

Cuando me volví valiente.

Escapé.

A
volar...

13

soplar a la luna

cuando creas que has llegado
comienza.

este capítulo será escrito en minúsculas como prueba de mi libertad.

las minúsculas serán la muestra de que el chico de las estrellas ha dado un cambio, se ha vuelto valiente y ha decidido arriesgar. como la chica del reloj de pulsera le enseñó; quizá el secreto de algo grande sea juntar muchas cosas pequeñas.

por eso, esta vez no habrá mayúsculas, palabras subrayadas o frases más grandes que otras. esta vez, cada letra será pequeñita, cada una de ellas valdrá lo mismo que sus compañeras de página, y las juntaremos para ver si así sale algo mayúsculo.

este capítulo no será especial solamente por esto, sino que además, saldaremos deudas pendientes, querido lector. y es que esta es la última vez que te llamo así, querido lector.

¿recuerdas que sería un nombre provisional? hasta que tuviéramos más confianza… bien, pues ya la tenemos.

te he contado cosas que solo les contaría a mis amigos. o peor, a mi familia. o peor, a mi psicóloga. o incluso peor, a nadie. así que ya no eres un simple «querido lector»; si llegaste hasta aquí significa que somos algo más. no te asustes: nadie ha hablado de boda.

ahora conoces mis secretos, mis luces y mis sombras. ahora ya eres mi confidente, sin reservas. en esa especie de catalizador de energías testigo de este montoncito de hojas terapéuticas. ahora eres especial, de la misma forma que han sido especiales para mí todas aquellas personas que, al menos una vez, me han regalado un clic en el desván del duende. a los niños perdidos de twitter. y a los de la vida real.

y sobre todo, como aquellos que creyeron en mí desde el principio. desde todos los ángulos y desde cualquiera de las perspectivas. desde que era un don nadie, como si en alguno de estos últimos segundos en que tus pupilas acarician mis palabras me hubiera convertido en don alguien.

ahora eres un duendecillo. ahora eres uno más.

y eres un duendecillo porque conoces toda clase de bártulos, miserias y recuerdos cubiertos con sábanas blancas que guardo en el desván.

gracias por creer en mi locura.

pero lo de tu nombramiento no es la única deuda que vamos a saldar en este, mi capítulo favorito.

sino que además te enseñaré a hacer aquello que te prometí hace algunas páginas; soplar a la luna. y el chico de las estrellas siempre cumple sus promesas, te lo juro.

además te dije que me lo recordaras, no sé si lo has hecho… pero da igual, porque te lo voy a contar de todas formas.

además, te voy a contar lo de soplar a la luna como a mí me gusta. despacito y en minúsculas, regresando tras este breve descanso a nuestra historia.

dame la mano, duendecillo. el chico de las estrellas nos espera…

el chico de las estrellas le dio un beso a la libertad.

no sin recordar antes que lo malo de querer a una persona era que la otra dejara de hacerlo.

así que previamente, descortés pero caballero, el chico de las estrellas se despidió de lady madrid, para siempre.

a partir de ese momento quería hacer las cosas bien, y el acto más innoble que conoce es el amor sin despedida.

fue jodido no saber cuándo volvería a verla, pero fue peor saber que de volver a verla, el chico de las estrellas jamás sería el mismo. que no volvería a aterrizar en sus labios nunca más.· el chico de las estrellas escapó para cambiar, huyendo de sí mismo para volver siendo otro.

el chico de las estrellas aprenderá en su viaje algo importante: nos enamoramos del tiempo.

él se enamoró de londres. de su invierno y de su té. de la *classroom* 6, de la escalera infinita de caracol y de la nieve. se enamoró de sus nuevos amigos. y de sí mismo.

se enamoró de cosas unidas al tiempo como si eso al tiempo le importara. quizá quien cambia no es la persona. quizá quien cambia es el tiempo y él nos cambia a todos.

no me gusta la gente que te dice: «cambiaste» y suena a reproche. como si cambiar fuera algo horrible, o peor, evitable. como si no tuviéramos que cambiar, ¿te imaginas? ser siempre el mismo.

por supuesto que el chico de las estrellas cambió. y cambió porque los cambios son necesarios. pero cambió junto a los suyos. y para mejor.

el chico de las estrellas le dio un beso a la libertad con todas sus consecuencias. que no te vendan amor sin espinas, como dice chavela, y la espina de la libertad es que para encontrarla, a veces tienes que perderlo todo.

y perderlo todo le hizo aprender a estar en soledad.

la soledad es importantísima. nacemos solos y morimos solos. y debemos aprender a usarla. a disfrutarla. a necesitarla. el chico de las estrellas lo hizo, y mira, ahí estuvo bien, quiero decirlo.

él se había acostumbrado a la dependencia emocional que le proporcionaba lady madrid y necesitaba «encontrarse a sí mismo».

con tiempo y esfuerzo, su 4.9 en soledad se convirtió en un 8. asimiló una especie de catarsis interior en la que la nostalgia sacaba las garras, lloraba algunas noches y echaba de menos a la madre que terminó asumiendo que nunca tendría, al padre que no conoció y, por supuesto, a la dama de hierro.

necesitaba andar solo, viajar en transporte público solo, leer, escuchar música y escribir.

no necesitaba mantener una de esas conversaciones forzadas en las que pensaba: «cállate ya».

le gustaba despertarse y ver que no había nadie, ducharse con la puerta abierta, cantar desnudo.

le encantaba la sensación de saber que nadie esperaba nada de él.

descubrió que le agobiaba que la gente esperara grandes cosas de él. sencillamente, empezó a hacer lo que más le gustaba: *escrivivir*.

se drogó con charlas que mantenía consigo mismo, reflexionando sobre qué hacer con su vida, con sus miedos, con su homosexualidad. aunque terminara haciendo lo que le diera la gana, reflexionar.

le gustaba elegir suéter de lana, dormirse sobre sus propias ojeras y estrecharles la mano a sus inseguridades.

le gustaba la forma que adoptan sus mejillas cuando se hinchan de felicidad, vivir en piyama, salir despeinado a la calle por esa ciudad tan alejada de su casa y los abrazos que llegan por detrás.

adoraba descubrirse echando de menos a la arquitecta de sonrisas, disipar el odio que le guardaba a su madre, perdonarla por dentro... aunque ella jamás pidiera perdón, no importa, perdonarla.

y soplar a la luna. y soplar a la luna es la segunda cosa que más le gusta hacer del mundo después de *escrivivir*, duendecillo. soplar a su pálida luna. aunque para ello, tenemos que esperar a que se haga de noche.

como también le enseñó la chica del reloj de pulsera.

para ser exactos, la chica del reloj de pulsera le enseñó dieciséis cosas. aunque solo te contaré tres:

1. escribir en minúsculas
2. no decir que dios no existe
3. soplar a la luna

y no decir que dios no existe es importante.

muchas de las pocas muy buenas personas que el chico de las estrellas conoce creen en dios. o como la chica del reloj de pulsera, en una especie de energía o fuerza superior.

el caso es que él no cree en dios. pero eso no le da derecho a decir que no existe.

¿y quién es él para decir que no existe?
¿y tú?
¿lo has visto?

no cree en dios pero cree en dios.

y esto significa que no puede decir que no exista, pero ojalá algún día se levante, se cepille los dientes y se asome al balcón para callarle la boca.

¡qué ganas tengo de que eso pase!

que sonría y nos salude.

que sería todo un detalle de su parte.

porque entonces, el chico de las estrellas se abrirá paso para colarse entre la multitud y ser el periodista que siempre quiso ser. se subiría a los barrotes del balcón más cercano y le preguntaría:

—¿por qué los gais no vamos al cielo? —con voz temblorosa. porque claro, es dios.

y entonces él le diría con esa voz omnipotente que solo constantino romero sabría impostar:

—los gais también irán al cielo.

y entonces, el chico de las estrellas, que es descortés e incompleto, se tiraría a sus brazos, y en vez de mostrarle pleitesía o estrecharle la mano, le daría dos besos bien dados.

y entonces, el chico de las estrellas despediría el reportaje con alguna especie de micrófono ridículo con publicidad en el mango, diciendo que no solo había dejado de decir que dios no existía por respeto, sino que además, ahora creía en él.

ahora sí que sí, duendecillo. ya es de noche.

ahora ya, sube la persiana, abre la ventana y asoma las orejas al frío porque vamos a soplar a la luna.

coloca la boca en forma de «o», corre, que el chico de las estrellas lo está haciendo ya, desde su ventana en londres.

piensa un deseo. pero piensa que quizá se cumplirá, de lo contrario no es un buen deseo.

¡tienes que cerrar los ojos! los deseos se piensan con los ojos cerrados, tienes unos segundos…

¿ya? mira a la luna. y cuéntaselo.

no te preocupes, no se alarmará. siempre está en calma la desterrada.

¡oh, dios mío! el chico de las estrellas ya tiene su deseo. deprisa, quiero que lo hagamos los tres a la vez.

ahora… junta los labios…

y sopla.

cuanto más grande sea el deseo, mayor tendrá que ser el soplido.

lo ideal es que soples hasta que no te quede nada dentro… como si fueras a mover la luna.

sopla como cuando soplas las velas de tu cumpleaños. como cuando tu madre te sopla en la herida para que se cure. como cuando te ponen una inyección y tienes que relajarte.

sopla porque la magia no está en la luna sino en soplar.

ya nos veo…

es la escena más maravillosa que haya imaginado nunca…

mi duendecillo, el chico de las estrellas y yo. el lector, el protagonista y el autor, soplando tres lunas, como si estuviéramos en idhún, en distintos momentos temporales.

¿nos ves?, ¿qué pediste?

el chico de las estrellas pidió autoaceptación.

y yo no te diré lo que pedí, pero confesaré que si estás leyendo este libro, se cumplió.

el mío no sé, pero tu deseo se cumplirá. Estoy seguro de ello, porque mientras te cuento todo esto, el chico de las estrellas voló hasta la luna, cruzó un par de palabras con quien fuera que hace que los deseos se cumplan y volvió.

ya está.

ahora que ya saldé mis deudas, deberíamos irnos a la cama. pedir deseos gasta energía y nos lo ganamos.

el chico de las estrellas tenía razón, lo logramos. casi sin darnos cuenta amontonamos un acervo de cosas pequeñas con el que construimos un capítulo mágico. porque a veces el secreto es ese, ¿te das cuenta?, porque logramos algo grande...

solo

con

letras

minúsculas.

14
La Ciudad de Nieve y Piedra

**Cuando para ser realmente libre
hay que perderlo todo.**

**Cinco meses de invierno
dos mochilas cargadas
y ese par valiente
de botas plateadas.**

En la oscuridad se oye brindar pecho y corazón...

El silencio sobre la almohada, y la soledad con las piernas agotadas de dar vueltas por inercia dentro de la habitación.

Kambridge Terrace fue la residencia donde El Chico de las Estrellas se hospedó durante los meses de su exilio. Era un edificio estrecho y alargado de pisos alfombrados y escaleras de caracol. Había un *Common Room* donde se mezclaban toda clase de estudiantes que habían escapado de sus países para aprender inglés, buscar trabajo o salir del clóset (como es nuestro caso).

Pero como El Chico de las Estrellas no había ido allí a hacer amigos, apenas pisó aquella sala, donde además de ver televisión, podías jugar futbolito y beber alcohol. Él prefería pasar el tiempo recluido en su habitación, que casualmente era la más alta de las más altas torres. Kambridge Terrace reservó la última recámara para El Chico de las Estrellas, la que estaba más lejos del suelo y más cerca de la luna.

Y fue en aquel desván número 53 donde empezó a cocinar *El Chico de las Estrellas,* aunque hoy día, poco se parece al libro de entonces. (Recuérdame que te cuente cuál fue su título original.) Las noches eran su momento favorito, a la par que productivo. Las noches hacían fuerte al Chico de las Estrellas. Y vulnerable.

De madrugada, la cabecita del Chico de las Estrellas queda a solas con sus recuerdos. Sufre una especie de metamorfosis y se transforma en uno de esos puestos ambulantes de El Rastro.

Para el que no sepa qué es El Rastro, es una congregación de tiendas especializadas en artesanía, baratijas de colores, pañuelos de algodón, bisutería y velas que, los domingos, puedes encontrar en Madrid. La diferencia entre El Rastro de Madrid y la cabeza del Chico de las Estrellas es que su tienda ambulante es nocturna y solo abre cuando muerden las estrellas.

Es uno de esos pequeños puestos que se quedan abiertos por la noche cuando no han vendido lo suficiente. La única forma de ver los productos que vende El Chico de las Estrellas es asomándose al umbral de sus ojos. Los más pequeños tendrán que ponerse de puntitas y puede que los más altos, agacharse un poco, pues El Chico de las Estrellas no es bajito ni exageradamente alto.

Si entiendes de puestos ambulantes, en el suyo no encontrarás adornos, sudaderas o piercings. En su cabeza están a la venta otro tipo de productos menos materiales, los que debe **vender** para que la persiana metálica de sus párpados concilie el sueño: **Recuerdos.**

Cada noche, El Chico de las Estrellas
abría su puesto ambulante en el que vendía recuerdos
para poder dormir.

Son curiosos de ver: algunos tienen colores llamativos, otros son horribles y no los querrías ni regalados, y esos otros del fondo son muy caros. Los que se guardan en la retaguardia por si alguien se atreve a robar.

Cada noche, El Chico de las Estrellas colocaba sus recuerdos de manera estética sobre los estantes rubios que le brotaban del cabello y escribía en un cartel que colgaba de su corazón: **Se Vende.**

SE VENDE

Las noches frías, El Señor del Bigote
y la madre que no tuvo.

Los insultos, las miradas y el constante rechazo
a ir al colegio.

Los besos que Lady Madrid le dejó bajo el pantalón.

SE VENDE

La dependencia emocional y todo a lo que le costó
decir adiós.

Una botella de Eristoff Black del que bebieron los dos.

El sexo tras el cine en el lavabo de «Caballeros».

SE VENDE

Las alas rotas del amor.

Las palizas, los escalofríos y el sudor.

La sinceridad denunciándome por silencio atroz.

Se venden…

Y poco a poco, El Chico de las Estrellas hizo del olvido un pacto. Vendiendo todas esas pequeñas cosas que no lo dejaban dormir. Deshaciéndose un poco de todo para ser feliz.

Y así era como El Chico de las Estrellas conciliaba el sueño, se encontraba a sí mismo y empezaba de cero en una huida en que solo miró hacia delante.

Para ser feliz es mejor tener mala memoria.

Aterrizó en el aeropuerto de Gatwick y lo primero que hizo fue buscar uno de esos carteles que salen en las películas con su nombre. Pero no un cartel donde pusiera *«Welcome, Chico de las Estrellas»*, claro. Buscó su nombre real, que era menos bonito pero estaba adornado con una «h» intercalada preciosa. No le gustaba cuando escribían su nombre sin «h», es como si te llamas Iván y te quitan la «v». ¿Ian?, ¿verdad que no? La hache es muda, no invisible. «Christian.»

Y un apellido salpicado por huellas valientes. «Pueyo.»

Te contaré un secreto: en realidad, los señores que sujetan estos carteles suelen ser taxistas contratados por la residencia de estudiantes adonde van a vivir los extranjeros, como fue su caso.

El Chico de las Estrellas encontró su cartel, y lo primero que le dijo el hombre que lo sujetaba fue algo así como:

—*Christian? Amazing! Espania, football, Ronaldo!* —Su voz sonaba algo ridícula. Hacía unos movimientos extraños con las rodillas, como dando toques a un balón.

Empezamos bien. Me voy de un país para ser gay a gusto y de lo primero que me habla el tonto este es de futbol.

—Ja, ja, sí… —*Inserta la risita más falsa que te puedas imaginar.*

Llegamos al taxi y el primer gran acto de ridiculez del Chico de las Estrellas fue sentarse sin mirar en el asiento del copiloto. Porque, claro, de repente se percata de que tiene un volante en las narices. Entonces fue cuando el hombre del cartel le pregunta, el muy idiota:

—*Ha, ha, ha, do you drive?* —Con esa voz de arlequín forzado.

Lo primero que pensó El Chico de las Estrellas fue: «Genial, lo entendí», como si el inglés fuera hiperdifícil. Y se dio una especie de palmadita emocional en la espalda.

Y después: «Míralo qué gracioso es el pobre hombre, de verdad».

—Ja, ja, no… *sorry*. —*Inserta la segunda risa más falsa que te puedas imaginar.*

Tardamos una hora en llegar a Kambridge Terrace y el hombre decidió que debía contarle la historia de su vida, porque, claro, El Chico de las Estrellas parecía ansioso por conocerla. Que iba a misa los domingos, que tenía dos hijas llamadas Conny y Caroline (que Dios se apiade de sus almas) y lo bonito que fue conocer a la mujer que ama, esa que toma té con pastas, se aplasta el cabello con laca para ir a misa y prepara *cupcakes* rosita.

Y, bueno, me contó más cosas, porque, claro, tardamos tres horas, pero no puse atención a mucho más, la verdad.

Y a partir de ahí, la verdad es que el resto vino rodado…

Sinceramente, El Chico de las Estrellas llegó a temer que fuera más difícil. Que no sabría subsistir con el idioma, o que las señoras que creyó que limpiarían su habitación (y que nunca la limpiaron) le robarían las libras de encima de la mesa.

Hizo el súper en inglés.

Aprendió a orientarse por la ciudad en inglés.

Y conoció a personas en inglés.

La lección que extrajo de aquello fue que somos personas, y que cuando queremos entendernos… nos entendemos.

Y le sopló a la luna en inglés.

Por las mañanas acudía al curso intensivo al que La Dama de Hierro lo obligaba a ir (no todo iba a ser disfrutar).

Y por las noches, cuando nadie le compraba recuerdos para dormir, ponía películas que distraían su atención y se quedaba dormido. Que distraían la imaginación del Chico de las Estrellas. Resultaba de vital importancia permanecer distraído, aunque fuese con nimiedades; su mente debía estar ocupada.

Ya casi no se acordaba de Lady Ma...
Ni de una señora que fumaba o algo así.
De lo que no se olvidaba nunca
era de que le gustaban los chicos.

Y por las tardes, nada. En Inglaterra no existen las tardes, Inglaterra tiene su mañana y tiene su noche. Y las horas se reparten casi exclusivamente en estos dos momentos. «Las tardes se hacían cortas durante todo el mes», dice una canción llamada *Londres*. Y es verdad. Y es que se hacían exageradamente cortas.

El Chico de las Estrellas no destacaba especialmente por sus dotes culinarias, lo que lo llevó a perder cerca de diez kilos, y oye, se veía incluso guapo. Lo que a su vez lo llevó a tocar la puerta de su vecina, La Chica de las Arepas. El tercer dedo de los amigos que se pueden contar con una mano.

La Chica de las Arepas es un amarillo. Y me gusta mucho utilizar el término «amarillo» porque lo inventó uno de mis escritores favoritos.

Espinosa no hizo más que darle nombre a algo que lleva existiendo un poco desde siempre. Un amarillo no es la evolución de un amigo, cada uno encuentra veintitrés en la vida, y no tiene la necesidad de volver a encontrarse con ellos nunca más. La Chica de las Arepas y yo creamos un vínculo emocional necesario para sobrevivir en la Ciudad de Nieve y Piedra. Nos hicimos amarillos el uno del otro.

106

Tanto ella como yo estábamos alejados de nuestras familias, echábamos de menos a nuestros amigos y no recogíamos la habitación siempre que debíamos. Así que cuando uno de los dos tenía hambre (o muy pocas ganas de cocinar), tocábamos a la puerta del otro y compartíamos comida. Los lunes, miércoles y viernes solían comer arepas. Y el resto de los días, El Chico de las Estrellas hacía como que sabía cocinar tortilla de patatas. Pero no. Aquello era una abominación. La tortilla de patatas del Chico de las Estrellas era a la gastronomía española lo que Kiko Rivera o La Pelopony a la música. Pero, claro, como ella no lo sabía, se comía mi tortilla como si aquello fuera comestible, y él se reía desde el fondo del desván 53 a escondidas procurando que ella no se diera cuenta.

Igual mi amarilla hacía lo mismo con las arepas, no te vayas tú a creer, pero, oye, estaban deliciosas.

No sé si volverá a ver a La Chica de las Arepas, lo que sí sé es que cuando El Chico de las Estrellas regrese a Londres, que lo hará, Londres no será el mismo.

Porque aunque uno siempre vuelva para recordar, los lugares también son las personas con quienes los compartimos.

Porque cuando crezca (sin matar a su niño interno), vuelva a Londres y tenga hambre, ya no tendrá una habitación contigua en la que poder comerse una arepa. O dos. O tres.

Además de vecinos, eran compañeros de clase, que fue donde se conocieron. En el segundo gran acto de ridiculez del Chico de las Estrellas, cuando pensó que había llegado el momento de relacionarse un poco:

—*Excuse me… What's your name?* —Qué mal pronunciaba.

La Chica de las Arepas lo miró muy muy raro y él no supo por qué.

—*I… I'm Chris!* —dijo El Chico de las Estrellas con una mano en la nuca y los ojos achinados.

—Hablo español, ¿eh? —contestó ella burlándose.

Y entonces y por si aún no había quedado claro, El Chico de las Estrellas descubrió lo estúpido que era.

Ella debió de ver en su cara el bochorno que estaba pasando porque enseguida empapó la sala con un gorjeo delicioso. Y al Chico de las Estrellas se le vino a la mente una cosa muy bonita:

«Yo ya he oído esta risa antes…
en otra vida…
en otro momento…».
¡VAYA, CLARO… en La Arquitecta de Sonrisas!

La Chica de las Arepas, además de guardar un parecido bastante razonable con La Arquitecta de Sonrisas, se reía igual que ella. Increíble. Nunca había visto a nadie capaz de levantarle una sonrisa como su amiga de España. Una sonrisa dividida en dos partes:

La Primera: La parte en la que te ríes un poco de ti mismo. Importantísima.

La Segunda: La parte en que te alegras de conocerla, que es casi tan importante como la primera.

El Chico de las Estrellas captó la señal del destino y entremezcló la soledad de su exilio homosexual con arepas. Se hacían compañía mutuamente, iban al súper juntos, iban al gimnasio juntos, volvían de clase juntos por el camino de las bicicletas, que curiosamente, solo había que seguir para llegar a «casa».

El camino de las bicicletas es un sendero de piedra por donde nunca pasaban las bicicletas porque siempre estaba nevado. Y como por el camino de las bicicletas no pasaban nunca las bicicletas, ahora decido yo que es nuestro camino. Y en nuestro camino se queda. ¡JA!

Todo se tornaba insuperable, la Ciudad de Nieve y Piedra se estaba volviendo el refugio perfecto, podía pensar en alto (y hablar en alto, ya que nadie me entendía), centrarme en *escrivivir*, pasear por el frío, deshacerme en sus noches, reencontrarme en sus días.

Cada mañana el día se escurría por mi ventana invitándome a perderme. Y me perdía. Porque no es lo mismo escapar que no querer volver nunca. Porque eso fue lo que El Chico de las Estrellas hizo.

Cuervos negros, cielos grises, caminos blancos, muros de piedra, clases de inglés, noches brillantes, botas plateadas, nostalgia transparente, recuerdos vendidos, una amiga amarilla, momentos impermeables y la pregunta del millón.

La pregunta que debía llegar. La pregunta que se bajó del tren en mi busca. La pregunta que fui a recoger a la estación con un cartel y su nombre entre las manos. La voz de La Chica de las Arepas sonó atrevida y remilgada:

—¿Tienes novia, Chris?

15

Los meses que gritan su nombre

**Vuelve el demonio y
te pide perdón.**

El Chico de las Estrellas le sonrió a su amiga, aunque ella lo hacía mejor porque lo hacía más grande.

Son muchísimas las veces en las que El Chico de las Estrellas ha pensado en la primera persona en el mundo que merecía saber la verdad sobre sí mismo. Y siempre pensaba en La Arquitecta de Sonrisas. Y era porque siempre lo había protegido del mundo cuando el mundo no era bueno, apoyado en su casi imposible defensa de ser heterosexual, y dado la cara en su nombre.

La Arquitecta de Sonrisas merecía conocer el secreto del Chico de las Estrellas mucho antes que cualquiera, y sobre todo, porque a él le hubiera gustado volverse especial con ella.

Porque uno es especial cuando cuenta su secreto.

Londres era la prueba de lo que sería vivir siendo gay. Londres la probeta. La rata blanca. Y el simulacro de incendio.

110

Y no vamos ahora a salir corriendo.

Como no pudo ser, creo que el destino colocó a La Chica de las Arepas en mi camino, porque era muy parecida, se reía parecido y su verdadera amiga estaba lejos.

La vida le colocó a una persona tan parecida que fue capaz de hacerlo.

Y entonces El Chico de las Estrellas tragó saliva y dijo pequeñito:

—No.

Pero algo que ametrallaba su pecho lo obligó a matizar:

—Soy gay.

Aquella fue la primera vez que El Chico de las Estrellas decía que era gay (sin contar a La Mujer de las Velas).

—¡Ay, tan lindo, Chris! —La Chica de las Arepas le apretujó las mejillas con sus fuertes manos y le dio un picorete en la boca.

«¿Ay, tan lindo, Chris? ¿En serio? Después de todo este tiempo encerrado en un mundo equivocado, ¿esta es la respuesta a la confesión más importante de mi vida? Vaya mierda», pensó El Chico de las Estrellas.

Y luego no entendió por qué le había dado un picorete en la boca. Pero a él le salió sonreír porque, claro, la sonrisa de La Chica de las Arepas rompió aguas y se emparon.

Lo sé, sencillísimo. Tanto que no pudo evitar sentir cierto punto de decepción tras su acto de valor.

Pero es que realmente es así de fácil. Y es que en realidad no tiene por qué ser más complicado. Aquello era todo, solo que él había creado tal mundo alrededor de aquella obsesión que la dimensión del problema no se correspondía con su tamaño real. **Empezando porque ser gay no debería ser un problema.**

Frederic entró por la puerta.

—¡Ay, míralo, Chris! Sabrosísimo, ¿no crees? —me dijo La Chica de las Arepas señalando con la mirada al profesor de inglés.

Colombia es ese país especial capaz de crear a las niñas con la voz más melosa del mundo. A mis mejores amigas. Y a las más descaradas.

Nuestro profesor de inglés, de veintisiete años, complexión atlética y ojos de manzana llegó a su mesa con su trompeta bajo el brazo. El Trompetista de la Tormenta. Siempre con su trompeta.

Espera.

Espera.

Espera un momento.

Todo estaba cambiando demasiado deprisa. Es cierto que nuestro profesor era muy guapo, pero ¿cómo era posible que estuvieran hablando de chicos ya?

Pues mira, no lo sé, pero así fue. Natural y sin quererlo, El Chico de las Estrellas se sorprendió a sí mismo hablando con La Chica de las Arepas de lo bonitos que eran los ojos de Frederic. De lo bien que olía. Y de las veces que se inventaban dudas para que se acercara a sus mesas.

Las redes sociales del Chico de las Estrellas siguieron creciendo. Los seis mil seguidores no tardaron en convertirse en siete mil. Su viaje se convirtió de especial interés para los niños perdidos. Las entradas en *El Desván del Duende* empezaron a ser bonitas. A veces, incluso interesantes.

Esos siete mil fueron ocho mil en febrero. Mucha gente le preguntaba por Twitter: «¿Eres gay?», pero él no contestaba. Todavía no se atrevía, y lo cierto es que no tenía por qué.

Esa mezcla entre cambiar mi vida, cenar arepas y escribir por las noches me ha hecho parte de lo que soy hoy. Ese conjunto de empezar a soñar… a volar… y a arriesgarme es El Chico de Las Estrellas. Y esto es algo que no olvidaré jamás. Este viaje cambió mi vida.

Una de las ciento sesenta mañanas en las que El Chico de las Estrellas amaneció en Londres, se metió en el bolsillo cincuenta libras y se puso una sudadera que en España le quedaba justa pero en Inglaterra holgada.

Primero fue a la estación, donde compró su boleto de febrero, el que le permitía tomar cualquier autobús de la ciudad. Cuarenta y siete libras costaban los boletos; eran blancos y rojos, y recuerdo que en el reverso decían:

February

Cuarenta y siete libras es poco si tenemos en cuenta que no eran cualquier boleto de autobús. Que eran rojo escarlata. Un rojo bonito. Además, estos boletos serán los encargados de empezar la costumbre más tonta que tiene El Chico de las Estrellas: Darles voz a los meses. El segundo antídoto para la supervivencia, ¿recuerdas?

De vuelta a casa, terminando el camino de piedra de las bicicletas, una guitarra tirada con un hombre en el suelo, cantando *Stand By Me*, el McDonald's y una papelería pequeña y verde llamada *Alice In The Wonderland*. Y claro, era entrar en la papelería o desayunar en el McDonald's. Y El Chico de las Estrellas escogió la papelería.

Tres libras no dan para mucho pero son la excusa perfecta para echar un vistazo. Una viejecita afable con gafas de media luna me dedicó sus comisuras inglesas al entrar. Estanterías viejas repletas de libros y una sección especial de *Cuentos Fantásticos* subiendo una escalerita estrechita a la izquierda.

Lo primero que El Chico de las Estrellas busca cuando entra en una librería casi por inercia es *Peter Pan*. Colecciona ejemplares, le gusta tener el mismo libro de formas distintas. Y las películas. Y todo. Es coleccionista.

Lo encontró. Pero a *Peter Pan*, ya lo sujetaban otras manos. Más grandes, más finas y más bonitas: Frederic.

Y aquello fue una mezcla entre encontrarte con tu amor platónico y tener que hacer un examen sorpresa.

Había llegado el momento de mantener una de esas conversaciones ridículas en inglés en las que El Chico de las Estrellas solamente se medio defendía y que no pienso transcribir por dignidad propia.

El Chico de las Estrellas descubrió que su profesor había nacido en realidad en Italia, que era vegetariano, que tocaba la trompeta de noche en pubs y que sus ojos de cerca eran aún más verdes que de lejos.

Fue raro porque Frederic lo saludó con dos besos y no entendió muy bien eso. En España solemos decir «hola» o como mucho dar la mano a los desconocidos, pero él lo besó dos veces. Y los sábados olía tan dulce como los martes.

El caso es que El Chico de las Estrellas salió de la librería con un marcador negro nuevo y unas clases particulares de inglés. Clases que el propio Frederic se había ofrecido a darme gratis solo por la pena que daba el acento de El Chico de las Estrellas.

Y encima se compró el libro que yo quería de *Peter Pan*.

Lo primero que hizo cuando volvió a «casa» fue guardar el boleto de febrero y sacar el de enero. Lo miró como las señoras que se despiden de sus maridos cuando zarpa el barco. Enero de 2013 había sido tan mágico que incluso le dio una pena horrible tirarlo. Así que sacó su marcador nuevo, le dio la vuelta y escribió:

«La primera vez que soy libre.
Londres. 2013».

Y nunca olvidará que fue en enero de 2013. De la misma forma que tampoco olvidará nunca las fechas de las cosas importantes, porque desde entonces, El Chico de las Estrellas apunta sus instantes más especiales en los boletos de autobús.

Y antes de recibir una llamada desde España, miró febrero deseando fuerte que se convirtiera en otro instante precioso. En uno aún mejor que su pasado mes hermano, si se puede.

Número desconocido llamando

—¿Sí? —dijo extrañado.

El número era desconocido porque su verdadero celular decidió dejarlo en España. Aquel era un celular nuevo, liberado y el más baratísimo que había, del que podía esperar la llamada de La Dama de Hierro, pues hacía dos semanas que no sabía nada de ella…

—Hola, hijo… —susurró una voz demacrada y desnutrida.

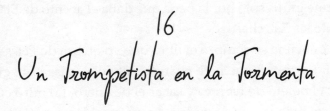

16
Un Trompetista en la Tormenta

**O cuando los días grises
también son bonitos.**

En aquel momento podría haber esperado a cualquiera menos a ella. La Chica del Reloj de Pulsera, su Arquitecta de Sonrisas o incluso a Lady Madrid, si de imaginar se trata. Pero… ¿esa voz?… ¿ahora?…

—Hola —contesté.

—Te echo de menos, hijo… —dijo la voz de una mujer enroscada en dolor.

—¿Qué quieres?

—Hablar contigo, hijo mío. ¿Cómo estás? Necesito saber de ti, mi amor —dijo la voz de la madre que nunca fue.

Dijo la voz de la mujer que me reventó la infancia a bofetadas.

Dijo la voz de la señora que me intoxicaba con las tres cajas de tabaco que me soplaba en la cara al día.

Por un momento temí que pudiera estar pasándole algo. Noté sangre en su voz. Descubrí una vejez inusual en los pliegues de su tono. Sentí a mi madre hondo, noté que me abrazaba arrepentida a través del auricular. Por un momento me pudieron aquellos segundos de angustia, parecía una despedida. Tuve miedo. Y por eso respondí:

—Todo está bien, mamá —pronunció la indulgencia de un niño huérfano que casi cuelga el teléfono.

Pero no pude, me faltaron fuerzas. Quise escuchar la voz de mi madre mimándome. Aunque fuera con dieciocho años, al menos una vez en la vida.

Así que no colgué aquel teléfono.

Las llamadas de La Mujer Que en Vez de Respirar Fuma se hicieron frecuentes cada semana. La madre fue acercándose al hijo desde lejos. Aprendió a echarlo de menos, a quererlo, a arrepentirse.

La Mujer Que en Vez de Respirar Fuma no tardó en pedirle perdón. Que volviera a casa. Que ella era su madre, que lo quería.

La respuesta siempre era «no». La perdonaba, pero jamás volvería a vivir con ella. El Chico de las Estrellas regresará con La Dama de Hierro, que es la persona que siempre lo ha cuidado. La Mujer Que en Vez de Respirar Fuma cambiará. Nunca serán madre e hijo realmente, nunca le soplará en la herida cuando se caiga aprendiendo a montar en bici, pero cambiará. Aunque nunca a tiempo. Y nunca lo suficiente.

Yo no olvido cuando pasa porque nunca volverá.

A veces, imagino mi vida como si fuera una película, imagino que las personas que me rodean son los personajes de la historia y yo una especie de protagonista, como en *The Truman Show*.

Realmente en Londres conocí a más personas además de a La Chica de las Arepas y a Frederic. Pero si el presupuesto del Show del Chico de las Estrellas fuera bajo, solo podríamos contratarlos a ellos dos, que son los importantes. A ellos y a otro: **El Chico Más Guapo del Mundo.**

No se te ocurra olvidar a este último personaje porque es El Personaje. Aunque no pertenece a este bloque del libro, aparecerá por primera vez en la vida de El Chico de las Estrellas en la Ciudad de Nieve y Piedra.

Aunque su importancia en la historia será brutal, su aparición no será emblemática. El Chico Más Guapo del Mundo será el proceso lento pero efectivo que lleva a cabo una persona que te cambia la vida.

La primera vez que El Chico de las Estrellas «conoce» al Chico Más Guapo del Mundo fue una noche de invierno en la que se quedaron juntos, pero separados, viendo amanecer. Y se quedaron juntos, pero separados, porque se conocieron de forma virtual.

Podríamos fingir que El Chico de las Estrellas se fijó en El Chico Más Guapo del Mundo por su aplastante personalidad o su encanto capaz de traspasar pantallas, pero no fue así. Todavía no.

El Chico Más Guapo del Mundo no se llama así por nada. Todos los nombres de esta historia tienen su porqué. Y el porqué del Chico Más Guapo del Mundo creo que está bastante claro.

El Chico de las Estrellas se fijó en él porque fue lo más parecido a un recorte recién arrancado de Tumblr que había visto. Con tan buena suerte (o mala, según lo veas) que el chico Tumblr también se fijó en él.

Por aquel entonces, su nombre en las redes sociales era Naranja Mecánica, sus fotos eran especialmente bonitas y vivía en Toledo. Al lado de Londres, casi.

Cuando la madrugada no daba sus letras o el puesto ambulante de su cabeza no vendía suficientes reminiscencias, El Chico de las Estrellas iniciaba una conversación banal con El Chico Más Guapo del Mundo.

Halos de electricidad, clics, palabras eléctricas y datos hirviendo...

Aun así, las conversaciones con él se hacían cada vez más frecuentes, y noche a noche se fueron desgranando más cosas sobre la vida del otro con el *TO BE CONTINUED* en cada despedida.

Por primera vez en lo que podría llamarse «historia de amor», la distancia ayudó, pues estoy seguro de que si El Chico de las Estrellas y El Chico Más Guapo del Mundo se hubieran conocido viviendo los dos en España, a una hora el uno del otro, jamás habrían cultivado dos meses de noches hablando con el océano de por medio.

En una clase de inglés, Frederic le pidió que se quedara con él cuando terminara. La Chica de las Arepas, que a veces era tonta, me guiñó un ojo de forma lasciva. Me guiñó un ojo y nos dejó solos en clase con la estela de su risa tras la puerta.

El Trompetista de la Tormenta seguía mirándolo con esos ojos de ciencia ficción, como canta Amaral, y caray, es que era casi imposible atender a lo que decía sin poner cara de embobado.

Su acento, su barbita, su pelo... Frederic sacó un par de hojas de ejercicios que habíamos hecho en una de nuestras clases particulares de inglés anteriores. Y me invitó a cenar.

No podía creerlo.

El Chico de las Estrellas empezó a lucubrar ideas descabelladas, ya que resultaba ser su profesor. Ni siquiera sabía si sería homosexual, ni… en fin, tonterías.

Ay, no sabría qué decirte; en ese momento estaba muy tonto.

Tonterías que se hacen realidad.

Tonterías que se hacen realidad porque El Trompetista de la Tormenta me invitó a cenar. Preparó la comida más asquerosa que he probado nunca: Espaguetis con aguacate.

Olvidé decir que El Trompetista de la Tormenta es vegetariano. Y claro, no es que yo tenga nada en contra de los vegetarianos, no me malinterpreten, pero yo no lo soy. Y claro, la pasta con aguacate pues me supo rara, sinceramente.

Jamás había visto algo como lo que me enseñó El Chico de Ojos Verdes, además de inglés. Londres era mucho más de lo que El Chico de Las Estrellas hubiera sido capaz de imaginar: Pitillos, chamarras de rugby, piercings, perforaciones aquí y allí también; no había zona corporal que no pudieras taladrar. Cabezas rapadas por los laterales en ellos y ellas, micropigmentaciones en negro y a color como las calcomanías de los Cheetos (en su mayoría diamantes, golondrinas, rosas espinosas, infinitos, comesueños o letras chinas), gorros de lana, gorras de visera plana y calcomanía dorada, dilataciones algo más que milimétricas, mechas californianas y degradaciones en todos los tonos. Zapatillas, pulseras, collares, *leggins* con estampados africanos, camisetas anchísimas (o, por el contrario, estrechísimas), con mangas, sin mangas, con una sola manga... bufandas, maquillaje fosforescente y todo tipo de productos cosméticos que escondan esas horas que no has dormido y lo pequeño que sonríes. iPods, eBooks, *tablets*, iPhones o, mejor, estas cuatro cosas en una, capaces de robarte la molestia de mirar el día que hace por la ventana (aunque llovía casi siempre).

Mendigos con cartón, congestión de taxis, el Palacio de Westminster, teatros muy caros y señores vendiendo poemas en el suelo. Buckingham, el Big Ben y el Ojo de Londres. Paraguas y bolsos chocando en direcciones opuestas, niños cruzando en rojo y guantes de seda para las señoras que los regañan, no vayan a arañarles el corazón.

Cirros, cúmulos y estratos mezclados en gris, relámpagos negros, Un Trompetista en la Tormenta y un paseo por los jardines de Kensington.

Frederic prendió el encendedor un par de veces más en la hojarasca que había reunido en un bote de basura metálico. Fue una noche alrededor de una hoguera frente a la estatua de *Peter Pan*.

Supo encandilarme. Sabía cómo mirarme y adónde debía llevarme. Supo que me gustaban las tormentas pero no dejó que pasara frío. Frederic sabía cómo enseñarme inglés sin que lo importante fuera aprender inglés. **Tenía todas las fórmulas para enamorarme...**

Frederic le dio el último trago a su cerveza cuando las nubes decidieron que aquel acto de vandalismo debía acabar si no quería incendiar los jardines de Kensington con la hoguera o las ganas de juntarse a mis labios.

Me encantó que empezara a llover porque siempre me ha gustado cuando llueve. Si en aquel momento hubiera tenido un par de vasos a mano, le habría preguntado a la lluvia si Frederic me besaría…

La lluvia está infravalorada. Limpia. Templa el viento. Produce vida y nostalgia. Como el color gris. El último a la izquierda en la caja de los marcadores. El que sirve para pintar nada. Marginado. Y feo.

Como cuando alguien dice: «Hace un día gris», El Chico de las Estrellas siempre se acuerda de su primer beso con un chico. En un día gris.

Porque hizo un día gris, de la forma en que Gris te regala uno de sus mejores días. El instante en que mi marcador escribiría en el reverso de febrero.

Un haz de luz partiendo el cielo, una trompeta llorando y las babas de las nubes calándonos los rostros junto a un fuego que moría.

¿Fue aquello un rayo o fue Frederic imitando el sonido de un rayo con la trompeta?

Y Londres quedó vacío. Y la lluvia empapó nuestros cabellos, uno al lado del otro, yo con la mirada en el suelo y los guantes apretados y él con su instrumento centelleando música en el fragor de una tormenta inglesa.

Luciérnagas de colores, tiovivos, castañas (curiosamente) y fuentes congeladas. Mi corazón a mil por hora y el invierno en la nariz.

«Deja de soplar, Frederic, deja de soplar y bésame ya.»

El filo de sus labios envolvía la embocadura del instrumento dorado, sus grandes manos tiritaban en cada cambio de pulsador de pistón. No abría los párpados, no me miraba. Se me deshacían las entrañas, los nervios se me volvieron alambres.

Aquella reliquia sonaba como los ángeles, El Trompetista de la Tormenta clavado en el suelo y El Chico de las Estrellas a su vera, esperando como un tonto. Así que hizo una de las cosas que mejor sabe hacer: soplar a la luna.

Y la trompeta dejó de sonar.

Frederic unió sus manos a las del Chico de las Estrellas. Aprovechando el aliento que se escapaba de mi boca, su mano me trajo lentamente al coral de sus labios y me besó.

En mitad de una tormenta, al final de una autoaceptación, con una trompeta que había dejado de llorar, los restos de una hoguera y Peter petrificado a mis espaldas.

Aquel beso era estéticamente perfecto, mucho más de verdad que el de Lady Madrid, más mágico. Más real. Pero faltó algo.

Algo que nunca sabré explicar con claridad. Un qué sé yo. Chispas. Lo que más me gustó de ese beso fue que éramos dos chicos.

Lo que más me gustó fue que Frederic era increíblemente guapo (aunque sabía a aguacate), que aquello sería peligroso porque era mi profesor (lo cual me encantaba) y que retaba todas las leyes de los besos que estaban prohibidos.

Cuando digo que besé la libertad lo digo de la forma más literal del mundo. Pero no me enamoré perdidamente de ella. Lo siento. Ya saben que El Chico de las Estrellas es tonto.

Frederic siempre lo trató maravillosamente, pero El Chico de las Estrellas acababa de salir de un proceso complicado, y lo último que quería en estos momentos era atarse a algo bonito.

Me llené de miedos y cuerdas. Pensar que Frederic era licenciado en el amor y yo aún estaba en primero de la ESO me agobiaba profundamente. Supe que me arrepentiría, supe que estaba cometiendo un error, supe que moriría por volver, pero

El Chico de las Estrellas
se asustó.
Y no quiso volver a verlo.

Frederic tuvo todas las fórmulas para enamorarme.
Y no lo hice.

17
Ivo

**O un caballito de mar en
el corazón.**

Londres lo vio reírse desde las esquinas, durmiendo a lomos de su estrella y despertándose en cada anochecer para jugar a divertirse en el filo de otros labios. Jugándose la boca sin saber lo que es amar. Empapándose de ellos, besos de revista entre luces de neón. Sin dudas de su anarquía, jurando ser de sí mismo, de sus ojos marrones poco comunes en esas tierras del norte que están tan lejos de aquí.

Lo último que supo El Chico de las Estrellas de El Trompetista de la Tormenta fue el ejemplar de *Peter Pan* que dejó en el buzón de su residencia. El mismo que compró el día en que se encontraron en aquella pequeña librería.

Lo único que conserva El Chico de las Estrellas de Frederic es el primer beso, el inglés y un ejemplar de su libro favorito dedicado:

*«To my beautiful Peter Pan,
may you always dream of Neverland!!
I am very happy we have met!
Much love from another
Lost Boy
FXXX»*

El Trompetista de la Tormenta fue importante para El Chico de las Estrellas. Y no te olvidaré.

Su escapada llega a su fin y la vuelta a la vida real cada vez está más cerca. Lo que significaba despedirse de La Chica de las Arepas.

Se despidieron a orillas de Kambridge Terrace una mañana de abril; desde entonces no se han vuelto a ver.

A veces, mientras El Chico de las Estrellas la echa de menos, piensa que en su trozo del mundo (Colombia) debe de estar amaneciendo. Hay momentos en que ha vuelto a necesitar una arepa, unos minutos, un consejo, un abrazo más.

Cuando la vida volvía a tratarlo regular, él la añoraba. La Chica de las Arepas fue su amiga en el invierno.

A veces, El Chico de las Estrellas reza por salir de su habitación y encontrar una puerta contigua a la que tocar y que se abra. Sueña que la vuelve a ver en Kambridge Terrace, de la misma forma en que Boo abre el armario deseando abrazar a Sully.

Te quiero.

No me gusta pensar que El Chico de las Estrellas volvió porque tenía que volver. No me gusta nada pensar que las cosas pasan porque tienen que pasar.

Pero El Chico de las Estrellas echaba de menos a su gente. A La Dama de Hierro. Y a todo ese grupo de amigos imperfectamente mágicos.

Sería muy injusto investigar quién hizo mejor lo de vivir sin el otro. Si El Chico de las Estrellas o ellos. A mí me gusta pensar que les costó un poco.

Me gusta recordar a un Chico de las Estrellas que voló, caminó y rio de frío. Y lloró un poco también. Que se despeinó el pelo y saltó muy alto y cayó muy hondo.

Y que volvió porque quiso.

Antes de tomar el avión, El Chico de las Estrellas tenía algo preparado. Algo que asegurara todos los pasos que había dado. El Chico de las Estrellas escribió *El Cuento de Ivo* y lo publicó en *El Desván del Duende,* de tal manera que ya no había marcha atrás.

Así que nunca volvió igual que como se fue.
Porque nunca volvemos igual que como nos fuimos.

El Chico de las Estrellas dejó un trocito de su alma en Inglaterra (proporcional a lo vivido). Y *El Cuento de* Ivo se convirtió en la respuesta a todos aquellos que lo humillaron por el pasillo de baldosas amarillas, a Lady Madrid, a la pedrada en la cabeza y a todos los niños perdidos que le preguntaban por las redes sociales: «¿Eres gay?».

El Cuento de **Ivo se convirtió en el comunicado de un adolescente homosexual.**

El Cuento de *Ivo*

Era de madrugada cuando Ivo *nació en Coria del Río, en un hospital sin nombre ni galardón. Un niño de ojos pizpiretos pero* no demasiado grandes que arrancó para siempre y desde el primer momento suspiros. Suspiros para la madre de Ivo, para la abuela de Ivo y para el abuelo también. Para la tita y el tito de Ivo. Y para la familia lejana que está por ahí, detrás de los importantes, a esos primos que si no fuera por las fotos del álbum no sabrías que tienes. Pero el padre de Ivo no suspiró, pues Ivo nació sin él.

Oh, no, no debes lamentarte por ello. Suena triste pero te prometo que Ivo no sufrirá carencias paternas en esta historia; uno no sufre tanto cuando le falta algo que nunca ha tenido, te lo juro.

Durante sus primeros años de colegio, en kínder, prácticamente terminó sabiendo leer, bien enseñado por su profesora Blanca. Terminó primaria dando ciencias en inglés y educación física en un colegio inacabado, odiando las matemáticas y con una boca abierta en la portada del cuaderno de lengua. En los dos años siguientes, primero y segundo de la ESO, su retroceso académico fue espectacular. Dejó de avanzar en la lectura y en muchos aprendizajes. Esos años, sus profesores eran solo medio buenos, y las clases, de mentiras. Fueron tiempos difíciles de constante rechazo a ir al colegio. Está intentando recuperar esa parte de vida colegial. Oh, no sé si ya te dije esto, pero… **Ivo es un caballito de mar.**

A Ivo no pararon de surgirle amigas. Amigas guapas, educadas, talentosas, a cuál más, para que eligiera con quién formar una vida. Ivo disfrutaba de su compañía y más de una lo hacía suspirar; pero algo que disgustaba a todos era que imitara este tipo de modales. Que le gustaba dibujar y cantar. Bailar o vestirse bonito. Competía a ver quién corría más, incluso aprendió a escribir cursi. Cuentos, canciones, daba igual, lo hacía. Ivo no comprendía por qué el mundo no veía con buenos ojos su comportamiento poco masculino. Lo corregían constante y duramente. De manera cruel.

Pasaron los años y, por ello, guardó en secreto lo mucho que le gustaban los chicos, con quienes le gustaba hablar mucho rato y con los que también hubiera disfrutado acariciando o... besando.

Deseoso de no cometer ningún error que a la larga pesara, fue en busca de Los Sabios, que vivían más allá de las fronteras del reino. Más allá de estos mares, de esta familia y de estos amigos. Los Sabios viven en paralelo y solo se les puede encontrar desapareciendo del mundo durante una temporada.

A veces necesitamos sentirnos realmente solos para darnos cuenta de la compañía que somos capaces de darnos queriéndonos un poquito más. Los Sabios no se sorprendieron de su llegada y lo invitaron a pasar. Ivo terminó por contarles todo lo que sucedía, lo mucho que temía que su familia se enfadara con él, decepcionar a sus amigas, incluso... a sí mismo.

El primero de Los Sabios sonrió. El segundo le tomó el relevo y, por fin, el tercero desenredó la cadena con una mirada dulce. Le dijo que no había motivo para sentirse mal. Que lo que le sucedía era normal, ya que el caballito de mar por naturaleza es hermafrodita.

—¿Hermafrodita? —preguntó la curiosidad de Ivo. Los caballitos de mar tienen la capacidad de modificar su sexo, sobre todo cuando hay peligro de poca natalidad. Y esta es sin duda la metáfora más bonita de amor libre que la naturaleza nos regaló. Ivo recorrió el mundo con Los Sabios. Vio al bisonte americano, a delfines, jirafas e incluso cisnes negros con la misma condición. También vio ranas, leones y al pollito nacer hasta convertirse en una gallina poniendo un huevo. A

Virginia Woolf

Oscar Wilde

129

Dalí

Dumbledore

Ian McKellen

Alaska

Patrick de **Las ventajas de ser invisible**

Batman

o Lady Gaga

Ivo, *aliviado, confesó:*

—*Todo esto que me muestran es maravilloso; sin embargo, ¿cómo le explicaré al mundo lo que pasa dentro de mí?* —*Hay preguntas a las que uno mismo les da respuesta.*

El caballito de mar es el único animal que muere de amor, pues eligen a una pareja para toda la vida, y una vez que esta muere, tarda poco en morir también.

Creo que esta es la segunda metáfora más bonita del mundo que la naturaleza nos regaló.

Siempre he creído que cuando el mundo termine de avanzar, se olvide de amar y solo importe el sexo en la cama, lo único que podrá salvarnos será el romanticismo de un hipocampo.

Meses después, Ivo regresó a su hogar. Ventanas grandes y cielos sin estrellas de metal.

Si Julio Verne hubiera conocido a Ivo, habría viajado al centro de las personas. Y luego, al centro de la Tierra.

Ivo no fue tremendamente valiente. Ni tremendamente guapo. Ni siquiera tremendamente listo. Les puedo asegurar que su-

frió. Si hacía frío en los pasillos lo calentaron a bofetadas, lo juz-
garon, le chillaron y humillaron. Incluso le rompieron alguna vez
la camiseta. Caballito deslenguado.

Oh, pero les diré algo, algo mucho más duro que todo esto. Y
más bonito también.

Ivo *regresó a casa.*

Ivo *es feliz.*

Y

a

arriesgarme.

18
El color de mi alma

**Cuando lo mejor de irse
es volver.**

Siempre he creído que tu habitación tiene que tener el color que tendría tu alma. Cuando regresé, empecé a fabricar un mundo nuevo, perfecto y a mi medida. Pinté las nuevas paredes de mi habitación con el azul más eléctrico del mundo y creé una constelación haciendo de mis paredes, estrellas.

Este fue mi tercer antídoto de supervivencia (además de los vasos en las tormentas y los boletos-instantes) y no era la primera vez que lo hacía, ya que mi madre me ha arrastrado por el mundo de aquí para allá, siendo siempre un nómada eterno. Nunca viví más de dos años en una misma casa, pero todas mis habitaciones las llené de estrellas.

Por esto, La Chica del Reloj de Pulsera cree que debo llamarme El Chico de las Estrellas.

Si algún día tú, tu hermano pequeño o tu mejor amigo encuentran un cuarto estrellado por los departamentos en renta de Madrid, recuérdame.

Cuando El Chico de las Estrellas aterrizó en España encontró una docena de pies en el suelo que aún se acordaban de él. Una pancarta pobretona donde escribieron *Welcome to Spain*, a Lady Madrid con la mirada caramelizada y los brazos de La Dama de Hierro, que siempre fueron la extensión de su alma.

Recuerdo que La Chica del Reloj de Pulsera sonreía igual. Que La Arquitecta de Sonrisas se quejaba igual. Que ellos seguían siendo los mismos.

Lo único que había cambiado era El Chico de las Estrellas.

Pero los cambios son buenos, porque **nunca volvemos igual que como nos fuimos,** y ellos no tardarían en darse cuenta.

Lo primero que pensó nada más verlos fue con quién se volvería especial. A quién empezaría contándole su secreto. Y pocos días después de su llegada, escogió, como no podía ser de otra manera, a La Dama de Hierro, una abuela de acero inoxidable.

La Dama de Hierro era la persona a la que más le aterraba decepcionar, la más mayor, a la única que necesitaba realmente para vivir, y la mujer que había recibido otra clase de educación y por tanto cabía la posibilidad de un resultado calamitoso.

El Chico de las Estrellas la invitó a comer en un restaurante que había debajo de su casa blanca. Caminó junto a ella como quien iba a la guillotina.

Las arrugas cortaban la piel de La Dama de Hierro y los nervios la nuca de El Chico de las Estrellas, inundada de un sudor frío.

—Abuela, ¿tú crees en el amor? —pregunté dando un rodeo.

—Claro, cariño, el amor es el pilar de la vida —contestó ella aliñando la ensalada.

—En... en... ¿en toda clase de amor? —titubeé con las manos temblando debajo de la mesa.

—No te entiendo, Chris —respondió ella sin percatarse de la importancia.

Tragué saliva y mi mirada cayó contra el plato.

—¿Qué te pasa, Chris? —La mano de La Dama de Hierro encontró las mías temblando bajo la mesa.

Y entonces yo apreté los ojos porque no quería llorar. Porque no podía soportar el miedo que me producía decirle a la mujer más importante de mi vida que era gay. Decepcionarla y no ser el hombre que ella siempre quiso. La idea de no estar a la altura. La respiración se me aceleró al contacto de sus manos, y cuando levanté la cabeza descubrí la luz de una mirada que no necesitaba mis palabras.

—Puedes contarme lo que necesites, mi vida, yo soy todo abrazos y oídos.

Yo soy todo

abrazos

y

oídos.

El Chico de las Estrellas jamás olvidará ese momento. El instante en que descubrió que ella ya lo sabía. Siempre lo supo todo. El Chico de las Estrellas jamás olvidará ese «yo soy todo abrazos y oídos». Una abuela esperando a su nieto a la salida del clóset.

Descubrí lo nada que importaba ser homosexual. No sé cómo El Chico de las Estrellas pudo pensar que La Dama de Hierro dejaría de quererlo. Desde ese momento, cuando caminan por las calles comentan juntos lo guapo que es ese chico, o lo interesante que le resulta a su abuela aquel otro. Mi yo presente todavía come semillas de girasol con La Dama de Hierro por la noche. Frente a la tele. Hablando de lo buenos que están algunos modelos de anuncios de colonia.

A pesar de su don para escuchar, la mentalidad moderna y ser todo abrazos y oídos, El Chico de las Estrellas jamás pensó que encontraría en La Dama de Hierro su mayor apoyo en «la guerra de su homosexualidad».

Y así fue como me volví especial con mi abuela, abriéndome en canal y enseñándole el verdadero color de mi alma. Una mezcla plagada de estrellas y escamas de caballito de mar.

La siguiente persona que El Chico de las Estrellas escogió para volverse especial fue a La Arquitecta de Sonrisas.

El salón de La Arquitecta siempre fue testigo de numerosos secretos y anécdotas de ambos: la vez que robaron los exámenes de francés para aprobar, la primera vez que se tiraron en trineo, el primer beso de cada uno de ellos o lo bonito que se hacían las paces después de pelear.

—No estuve estos cinco meses en Londres… —dije con la mirada muy seria.

—¡No inventes!, ¿qué quieres decir? —preguntó ella.

—Estuve en un centro de desintoxicación —mentí resistiéndome a la risa.

—¿¡QUÉ?! ¡¿ERES TONTO?! —le espetó La Arquitecta soltando una carcajada nerviosa que me extirpó la mía.

—JA, JA, JA, JA, me encanta. Por un momento parecías incluso preocupada —le dije yo.

—Deja de vacilarme, o te saco de mi casa —bromeó ella—. Vamos, cuéntame eso que me tenías que contar, ya —ordenó.

—Pues verás… —Aquello resultó muy fácil porque su risa le quitaba importancia a la vida. Y porque ya lo había hecho con La Chica de las Arepas y me pareció exactamente lo mismo.

—¡Que me lo digas ya, hombre! —bramó ella.

—Me gustan los chicos.

Por un momento su mirada estalló en mil pedazos que se repartieron por todo el salón. Alucinó muchísimo. Aunque ella no lo reconozca, porque La Arquitecta de Sonrisas no reconoce las cosas, alucinó. Y me respondió creyéndose la chica más sabia del mundo:

—¡Buah! Qué fuerte. Pero eso yo ya lo sabía. JA, JA, JA —contestó.

Y claro, cómo iba a resultar algo serio si solo su mirada era la excusa perfecta para que a mi mundo no le faltara de nada. Seguimos hablando de muchas otras cosas, seguimos hablando tanto que mi homosexualidad quedó relegada a un segundo plano entre tantos gorjeos. Qué bonita es. Y qué fácil me hizo la vida.

Gracias.

La tercera persona seleccionada con la que me convertiría en especial es mi persona favorita en el mundo. Esa que si el mundo fuera un videojuego y tuvieras que pasarte todos los niveles con un personaje, yo escogería: La Chica del Reloj de Pulsera.

El Chico de Las Estrellas esperó a que pasara el invierno y acabara mayo para que ella hiciera sus exámenes. Y entonces los envolvió del mejor escenario para descoserse, el césped de plaza de España.

Bueno, en realidad no era el mejor, pero nos quedaba de paso.

Hacía frío y el sol bañaba mi cara. El Chico de las Estrellas estaba más nervioso que con La Arquitecta de Sonrisas, pero menos que con La Dama de Hierro.

Cuando El Chico de las Estrellas le mostró el color de su alma ella no supo qué decir, que es una especialidad de La Chica del Reloj de Pulsera un poco insufrible. Y al final de la tarde, él había vuelto a estar a la altura y no importó que no dijera nada porque él sabía lo que pensaba.

El Chico de las Estrellas la abrazó como si hubiera sido ella la que acababa de saltar todos los obstáculos.

Y ella le devolvió el abrazo que le indicaba que ya había vuelto a casa.

—Creo que no conseguiré ser periodista —dije más feliz que triste.

—Yo creo que serás algo mejor —respondió.

—¿Por qué la gente no logra sus sueños? —le pregunté a la chica más Hermione que conozco.

—Yo creo que es un poco porque las personas cedemos a los sueños. El otro día leí una entrevista de Johnny Depp en la que descubrí que su sueño siempre fue ser músico, aunque ahora sea un ídolo del cine.

—¿En serio? —pregunté asombrado.

—Sí. Un día acompañó a un amigo a un casting, o algo así, y decidió presentarse él también a la audición. ¡Y fíjate tú, que le dieron el papel!

—Y gracias a Dios. Me encanta.

—Pues sí.

La Chica del Reloj de Pulsera es la persona más capaz de todo que he conocido en la vida, y aun así, a ella le pasó un poco lo mismo.

Siempre quiso estudiar Medicina y unas décimas decidieron que su sitio estaba en hacer una carrera con un nombre tan extraño como la mía, relacionada con las ciencias del deporte.

Y entonces descubrí que tenía razón, que las personas no siempre somos lo que quisimos ser, que a veces somos algo mejor.

Aunque cedamos ante los sueños.

Es probable que La Chica del Reloj de Pulsera no estudie Medicina, y que su futuro sea distinto, aunque, en mi opinión, podría estudiar Medicina si quisiera.

De la misma forma en que El Chico de las Estrellas no estudiará periodismo, y su futuro será escribir de otra forma, como le dijo La Chica del Reloj de Pulsera.

Igual a ellos les pasa como a Johnny Depp, que no consiguen ser exactamente lo que quieren porque la vida guarda un plan mejor para ellos.

139

—¿Recuerdas aquella aventura que te conté con la profesora de inglés?

—Sí.

—¿Qué pasaría si en vez de una profesora fuera un profesor? —pregunté con media sonrisa y la mirada entrecerrada.

—Pues nada. ¿Qué iba a pasar?

Y la abracé.

La Mujer Que en Vez de Respirar Fuma también supo de mi homosexualidad. Decidí que debía saberlo, aunque solo fuera porque resultaba ser mi madre, y se lo conté una tarde en que decidió invitarme a cenar al McDonald's. Mejoramos la relación, el contacto fue siendo algo más cercano, aunque no demasiado. Lo mejor de haber tenido una madre a la que no le importabas es que aquello no iba a cambiar, aunque le dijera que era gay. Así que no cambió. Nunca le importó demasiado nada sobre mí.

Y así sucedió, las personas más importantes de mi vida fueron entendiendo los engranajes de mi caja torácica. Cada uno en su momento. Cada uno en el instante adecuado en el que me convertiría en especial. Así fue como El Chico de las Estrellas empezó a sentir la satisfacción de que podría haberse rendido, pero que no lo hizo. Que volvió aclarándole al mundo que ya no era el mismo, que ahora era él de verdad.

A Lady Madrid no se lo contó.

Cuando El Chico de las Estrellas llegó a España notó cómo el corazón de la muchacha seguía enredado en la alambrada del amor y comenzó una campaña silenciosa pero constante de alejamiento. Dejaron incluso de ser amigos.

El Chico de las Estrellas debió haber sido tan valiente con ella como lo fue con el resto, pero no pudo. Si pudiera volver al pasado, me tomaría del hombro y me diría: «Chico, díselo», porque ella se enamoró de mí. Y porque ella se merecía saber también la verdad. Tener un momento en el que compartir el instante de volverse especial, llorar un poco, cerrarlo bien.

El Chico de las Estrellas fue un auténtico idiota por permitir que el tiempo se escurriera entre ellos sin explicarle nada. Sin aclarar que su regreso había sido distinto y que ellos no volverían a ser.

Pero un buen día, cuando El Chico de las Estrellas ya había conocido a El Chico Más Guapo del Mundo, la sonrisa con la que soñaba en Londres por las noches mientras Frederic lo besaba bajo las lluvias, Lady Madrid se llenó de pólvora.

Apuntó en el centro

y

con todo su derecho

disparó:

—Ya sé que eres gay, pero podrías habérmelo dicho, ¿no?

19

Atelofobia

**O el miedo atroz a no
ser suficiente.**

«Atelofobia: Se define como un persistente, anormal e injustificado miedo a la imperfección.»

La atelofobia es una condición por la cual una persona teme no alcanzar la perfección en cualquiera de sus acciones, ideas o creencias. Incluido el amor.

El atelofóbico suele sentir no estar a la altura, lo que provoca insomnio, sobrexcitación y una irrefrenable incapacidad de relajarse.

El Chico de las Estrellas nunca se había planteado seriamente ser alguien con atelofobia, hasta que supo del amor.

El Chico de las Estrellas no es una historia de amor.

Es más bien el diario de un niño con miedos en un mundo muerto donde los sueños llegan descalzos y despeinados a Ninguna Parte.

Una historia de libertad.

Aunque el amor esté presente en ella. Aunque estuviera justo fuera, buscando las rendijas y el modo de entrar.

3,000 €

—Increíble. Sin duda… una aventura emocionante. He conocido a personas que no volveré a ver jamás; he llora-

142

do, he besado y he aprendido a cocinar barritas de pescado. Todo. ¿Qué más se puede pedir? —dije con las manos en alto.

—¿Y cómo llegaste, Peter? —De nuevo su voz pomada…

—Atemorizado. Aterricé pensando que había llegado la hora de la verdad.

—¿La hora de la verdad?

—Ser gay en Londres fue fácil, pero en aquel momento volvía a mi vida, donde si fallaba… no podía volver atrás. No sé si me explico… —dije entre risas.

—¿Y te sirvió?

—Sí. Ser gay era más fácil de lo que pensaba y dolía mucho menos por dentro. Y lo saben todos… mi abuela, mis amigos… —enumeré.

—¿Y tú? —me interrumpió de golpe.

—Y yo —contesté mirándola a los ojos.

—¿Qué sabes, Christian? —preguntó interesada.

—Que soy gay —sentencié.

La Mujer de las Velas me regaló esa sonrisa grande que me decía que lo habíamos conseguido. Aquella fue la primera vez que me escuchó hablar sobre mi orientación sexual desde la felicidad. Y también la última.

Su mirada enternecida hizo que yo solo interpretara el resto…

Ahora es cuando creo que el mundo se detuvo regalándonos un momento solo para nosotros.

La sala de las velas cayó en el ocaso, congelando nuestros rostros moteados de orgullo.

Recordé una frase que había leído de pequeñito en un cómic de *Mafalda*. Decía algo así como:

«Que paren el mundo, que me quiero bajar».

Y eso fue lo que sucedió. El maquinista del mundo soltó por unos segundos la manivela y nos bajamos a tomar unos helados. Tuvimos la conversación que nunca se produjo mientras el mundo aguardaba:

—Ya estás listo.

—Lo sé.

—Ya no me necesitas.

—Lo sé.

—Si no haces nada, te quitarán a ese chico que tienes en mente.

—Lo sé.

Y esto fue lo que nunca sucedió pero que yo sé que sucedió. Su mirada me bastó para saberlo, su mirada y que el tiempo se paró para nosotros y nuestros helados de cono y doble bola.

También me dijo que aceptarme no sería el fin de mis problemas. Que ahora tocaba vivir, por lo que esto no era más que empezar. Y qué razón tenía.

—Tu vida no termina aquí, Christian. La historia no termina ahora, la historia acaba de empezar. Echa la vista atrás… Cuando te conocí no eras más que un niño que lo perdió todo. Mírate ahora: eres un hombre, Peter Pan.

Me emocioné. La Mujer de las Velas nunca me había dicho nada claro exactamente, ella se limitaba a preguntar y a escuchar para que yo verbalizara las cosas.

Aunque aquella vez fue bastante clara:

—No necesitas volver a verme.

Y una hermosa taquicardia me llenó de vértigos. Una mezcla entre la satisfacción de la enhorabuena y lo triste de un adiós. Vivir sin mi psicóloga a partir de ahora. Su ayuda había llegado a su fin.

La Mujer de las Velas y yo nos terminamos los helados levantándonos de las sillas de su sala, despidiéndonos por última vez con un abrazo de tres mil euros que olía a «gracias». Me acompañó de la mano hasta la puerta, y antes de que la cerrara sentí como el mundo volvía a ponerse en marcha.

Y antes de mirarnos por última vez, la voz pomada de La Mujer de las Velas me dijo desde la estación:

—Yo creo en ti, Peter Pan.

¿«Que paren el mundo que me quiero bajar»? Mafalda no hablaba en serio. El Chico de las Estrellas volvió a subirse al mundo y se puso el cinturón. Y el maquinista volvió a darle vuelta a la manivela. Más fuerte. Con más ganas. Y sin La Mujer de las Velas en la atracción de vivir.

6 de abril de 2013
Desde entonces, seis es mi color favorito.

Aquel fue uno de esos días en los que el frío no es lo suficientemente fuerte para que te pongas el abrigo, ni el sol lo bastante grande para quemarte los miedos. El Chico de las Estrellas se puso su sudadera favorita, escondió su atelofobia bajo el pecho, se abrochó sus botas plateadas a los pies y se peinó un poco.

Bajó la Gran Vía con pasos nerviosos y sudor en las manos.

Fue chocando con hombros, bolsos, paraguas, aceleración cardiaca y la idea de «date la vuelta ahora que puedes», hasta que lo vio…

El Chico de las Estrellas vio al Chico Más Guapo del Mundo de espaldas, antes de que este lo viera. Así que decidió esconderse detrás de un árbol, tragar saliva y llamarlo por teléfono, ya que su cita lo estaba esperando con otros dos chicos.

Qué miedo.
Qué nervios.
No…

Llamando
Una voz con cascabeles en la garganta dijo:
—¡Hola!
—Hola…
—¿Dónde estás?
—Te veo… —El Chico Más Guapo del Mundo giró sobre sí mismo buscándome.
—¿Dónde? Yo no te veo. —Y tras mi árbol, encontré su mirada buscando mi cara. Aquella era una mirada mucho menos nerviosa que la mía. Y más bonita.
—Estás con tus amigos y yo solo quiero verte a ti… Me da vergüenza.
—Ja, ja, ja, vale. ¿Dónde estás?
—En el quiosco —mentí.

El Chico Más Guapo del Mundo fue hacia el quiosco con ágiles andares, unos metros alejado de su posición. Pero sus amigos seguían mirando. Y El Chico de las Estrellas estaba tan a gusto desde su árbol, escuchando su voz al otro lado...

—Ya estoy. No te veo, Chris. —Fue la primera vez que le oí decir mi nombre.

Y como por aquel entonces El Chico de las Estrellas solo era un niño idiota, soltó la primera estupidez que se le ocurrió para que sus amigos no los vieran encontrarse.

—Orbita —ordené.

—¿Que orbite? —repitió alucinado.

—Sí, tienes que dar vueltas alrededor del quiosco para encontrarme...

El Chico de las Estrellas se aflojó la atelofobia para echar a correr y sorprender a su amigo de frente, con el abrazo que había estado ensayando junto a La Arquitecta de Sonrisas días atrás. Asediarlo con el momento que nunca llegó, ya que el miedo le ancló los talones al suelo y se quedó tras aquel árbol, con la mirada embobada, observando cómo El Chico Más Guapo del Mundo giraba alrededor del quiosco buscándolo.

—Chris, no te veo —dijo con voz tristona.

—Baja la calle...

El Chico Más Guapo del Mundo se despidió de sus amigos. Informándoles con un brazo en alto que tenía que marcharse. Descendió la calle con un espía a las espaldas que corría de árbol en árbol para que, todavía, no pudiera verlo.

Lo espió desde la maleza un par de minutos más, el placer de su mirada buscando su cara, ese placer. El gusto que da ver cómo una persona te busca porque quiere encontrarte. Fue un momento bonito.

Ahora sí que sí, duendecillo. Ahora El Chico de las Estrellas silbó desde detrás de su último árbol y El Chico Más Guapo del Mundo lo miró.

«Oh, Dios, me está mirando.»

Entre uno y otro, una escalera de piedra.

Sus dos gotitas de vida encerradas en cristal se posaron en mí, irrumpiéndole una abertura en la boca que dejó al descubierto los colmillos que guardaba detrás de la sonrisa. Procura no enamorarte de él.

Es delgado, alto y lleva una mochila con una cámara de fotos. El Chico Más Guapo del Mundo tenía el don de inmortalizar esos instantes que yo escribía en los boletos. Esto era lo que mejor sabía hacer: Inmortalizar.

Fundió la escalera de piedra que había entre los dos después del silbido. Si El Chico de las Estrellas hubiera silbado desde una nube, El Chico Más Guapo del Mundo se habría encaramado al cielo en busca de su nefelibata.

El Chico de los Colmillos se fundió a su cuerpo regalándole el abrazo más fuerte. Llevaba un chamarra vaquera de entretiempo y unas Vans negras muy maleducadas que le pisaron la punta de sus botas plateadas.

Se perdió en su pelo, me drogué por primera vez con el olor de otro chico, con el calor de su abrazo. La gente pasaba mirando cómo dos chicos se estaban abrazando.

Sí, señora. Somos dos chicos abrazándonos, ¿qué pasa?

Aquel abrazo hizo estallar las hormonas del Chico de las Estrellas. Lo enamoró un poco más (pero poco, ¿eh?, què tampoco quiero parecer yo aquí el más tonto). El Chico Más Guapo del Mundo había aterrizado sobre su cuerpo y, mira, la verdad es que en ese momento no podía creerlo.

Dicen que los mejores momentos de la vida son los que no tienen fotos. Yo creo que los mejores momentos de la vida son los que no tienen fotos y este. Que tampoco tuvo foto, pero porque El Chico Más Guapo del Mundo no tenía la capacidad de duplicarse; de lo contrario, mientras una subdivisión de su cuerpo permanecía abrazándome, la otra hubiera colocado un trípode tras nosotros y nos hubiera detenido en el tiempo.

Habría sido uno de los mejores momentos de la vida del Chico de las Estrellas, con foto y todo. Y habrían roto la regla de los mejores momentos descaradamente.

«El abrazo más fuerte.
Abril – 2013»

El Chico de las Estrellas nunca supo lo que El Chico Más Guapo del Mundo pensó de él, pero cree que sería algo bueno. Y probablemente fuera bueno, porque el seis de abril siguió, como siguen las cosas que no se pueden parar.

El seis de abril los acompañó a pasear casi de la mano, él siempre por su izquierda.

¿Sabes por qué El Chico Más Guapo del Mundo siempre caminaba a mi izquierda? Para no dejar de rozarme el corazón.

Estuvieron horas caminando. Hablando un poco de cosas que no recuerdo.

Lo llevó a orillas del Manzanares. El río fue testigo de las volteretas que daba el corazón del Chico de las Estrellas.

Dicen que cuando enamoras a un escritor te vuelves inmortal (por eso de que escribe sobre ti). Pero lo que nadie cuenta es que si enamoras a un fotógrafo, también.

El Chico Más Guapo del Mundo nos eternizó muchas veces con su cámara.

Él podría plasmarte en microsegundos si le venía en gana. Pero no solo plasmarte sonriendo o haciendo el tonto. No. Él lo plasmaba todo. Él te plasmaba la sonrisa, los hoyuelos y el alma. La felicidad o la nostalgia del momento. Todo quedaba en sus fotos, todo quedaba grabado. Todo lo recogía en la magia de sus disparos, TODO.

El Chico Más Guapo del Mundo tenía otro superpoder mucho más feo que inmortalizar. Un lado oscuro. Una parte negra. El Chico Más Guapo del Mundo también tenía el poder de mentir.

Llevaba mintiendo a sus padres dos años para poder bajar a Madrid cada fin de semana, pues vivía en Toledo. Mentía tan bien que llegó a descargar aplicaciones que mandaban ubicaciones falsas a través del teléfono celular. Sus mentiras llegaban a ser retorcidamente inteligentes. Se inventaba unos cuentos geniales, tanto que El Chico de las Estrellas pronto empezaría a dudar de si él también sería mentira.

Cuando llegó la despedida, su amigo el miedo le trepó por la espalda. Notaba su respiración en la nuca, todos sabemos que después de una cita bonita llega el beso.

El Chico Más Guapo del Mundo debía tomar el último autobús de regreso que saldría de la estación de Príncipe Pío. De lo contrario, sus padres le cortarían el cuello.

Eran algo así como las diez y media, y su autobús zarpaba a las once.

Sí. El Chico Más Guapo del Mundo decidió quedarse conmigo hasta el final, eso fue bonito. Y una buena razón para querer besarlo.

Tras el río, había un monolito de piedras grises con un bordillo de mármol donde se sentaron para beber vodka de caramelo. Vodka que compartieron, ya que él había prometido que lo traería. Y lo trajo. Y qué asco.

Espaguetis con guacamole, vodka de caramelo… No sé por qué caramba tengo que comer algo asqueroso cada vez que tengo una cita.

Como no tenían vasos ni copas, bebieron juntos con el tapón de la botella. Derecho, aguantando la respiración en cada trago, con el sonido de sus gorjeos de fondo. Sonriéndose con caras de asco después de cada sorbo.

**Nos bebimos el vodka más malo del mundo,
y aun así, las sonrisas fueron nuestras.**

Pero el vodka se terminaba. Y si existen los momentos indicados para dar besos, como dicen en las películas, fueron aquellos. Ese momento para besar se repetía una y otra vez después de cada trago. Después de cada «ya terminé de beber, ya me puedes besar».

151

Pero hay besos que pierden el tren.

Cariño que llega con retraso.

Y autobuses a Toledo que se escapan muy rápido.

El Chico Más Guapo del Mundo no podía esperar más a que El Chico de las Estrellas lo besara, así que corrieron hasta la estación para no perder la última oportunidad que tendría de llegar vivo a casa.

Había que despedirse ya…

Cuando el autobús arrancó, no pude evitar abrazarlo fuerte, como él hizo conmigo, con miedo de no haberlo hecho bien, por si no quería volver a verme, por si me lo robaban.

Tras el abrazo, choqué mi frente contra su cabeza, que miraba el suelo. Lo tomé de las manos y busqué sus dos gotitas de vida encerradas en cristal. Mi hocico rastreó sobre el mapa de su rostro el olor de sus labios, rodando lentamente, chocando mi piercing con la ternura de su boca, besándonos. Mientras perdía el autobús...

Fue el pistoletazo de salida a una historia de amor que marcaría la vida del Chico de las Estrellas.

Y aunque fue muy torpe, corto y lleno de miedos, fue la primera vez que besé de verdad.

Dicen que la tercera es la vencida.

Y aunque fue mi beso de consolación por haberle cedido el paso al miedo… jamás viví un seis de abril más bonito.

Y aunque todo, fue mi beso favorito.

—¿Ahora? —susurró El Chico Más Guapo del Mundo con los ojos en blanco, como si llegara tarde (porque claro, es que mi beso llegaba tan tarde como él al autobús).

—Lo siento… —me disculpé feliz con el beso colgando. El Chico Más Guapo del Mundo se subió a la luz de un rayo al percatarse de que perdía el autobús.

Y consiguió detenerlo.
Y consiguió subirse.
Y solo él podía hacer eso.

Puede que El Chico Más Guapo del Mundo sacara su cámara de fotos para congelar el autobús y subirse en él, ¿quién sabe? La verdad es que no podría asegurarlo porque la droga del beso me dejó tonto, pero conociéndolo, no me extrañaría nada que utilizara su poder para volver a casa.

Antes de marcharse, El Chico Más Guapo del Mundo se dio la vuelta, miró al Chico de las Estrellas y volvió a enseñarle los colmillos de detrás de su sonrisa.

Hubo algo en aquella última sonrisa…

Aquella sonrisa fue la que me dijo que volvería a verlo, que no sucedería lo mismo que con Frederic, que volvería a saborear el cloroformo de su aliento, en el que tanto me gustó perderme.

Aquella sonrisa fue lo mejor y lo peor que El Chico de las Estrellas tuvo en la vida.

Aquella sonrisa,
un buen motivo
para
ser
feliz.

20

Lo que Walt Disney nos ocultó

**La sombra de algunos
cuentos de hadas.**

El exilio a Londres le supuso una fortuna a La Dama de
Hierro, por lo que El Chico de las Estrellas entendió que
debía ponerse a trabajar. Así que empezó a trabajar en
Disney.

Tras repartir algunos currículos durante semanas por
Madrid, lo llamaron para aquella entrevista. Fue una entrevista donde tuvo que demostrar sus conocimientos sobre las películas de su infancia. Y fue tan friki que lo consiguió.

Su etapa en Disney estuvo plagada de luces y sombras; la pensión de seiscientos euros de su abuela nunca fue suficiente para los dos y él sentía que debía ayudar.

El Chico de las Estrellas pasó su temporada en Disney
cambiando turnos con sus compañeros para poder compartir tiempo con El Chico Más Guapo del Mundo. Aunque no siempre fuera posible, él lo intentaba.

El Chico de las Estrellas aprobó el examen de selección
y empezó la universidad a la par que trabajaba. La vida
empezaba a apretar, pero él era feliz.

Nunca consiguió estudiar periodismo, pero encontró algo que lo apasionó tanto o incluso más: La literatura.

A partir de ese momento, El Chico de las Estrellas se inundó de toda clase de cuentos de hadas, que era lo que al Chico de las Estrellas más le gustaba. Los cuentos que todos conocemos, los de toda la vida, los cuentos de Disney (y no tan de Disney).

Su trabajo y sus estudios se habían puesto de acuerdo.

Descubrió las verdaderas sombras de las obras reales, y le interesó tanto que no podría no contártelo.

No pienses ni por un momento que pretendo arruinar tu infancia, pero siento esa irrefrenable necesidad de hablar sobre lo que descubrí. Siento que debo contártelo...

Atento.

La Cenicienta, *Peter Pan*, *La Bella Durmiente*, *Blancanieves* o *La Sirenita* son solo algunas de las más conocidas películas de Disney, cuentos de hadas, o no tan de hadas, con los que nos hemos criado desde pequeñitos. Lo que no sabemos realmente es que la verdadera naturaleza de estos cuentos ha sido distorsionada hasta límites insospechados.

Si los hermanos Grimm, el señor Barrie, Hans Christian Andersen o incluso Perrault salieran de sus tumbas, se llevarían las manos a la cabeza.

Lo que Walt Disney no nos confesó es que pensó estaría bien mezclar la idea del zapatito de cristal de Perrault con *La Cenicienta* de los Hermanos Grimm, y de esta forma, evitar la escena en que una de sus hermanastras se corta los dedos para poder ajustar su pie a la talla.

Detalles propios de Tim Burton.

Lo que Disney se calla es que pincharse la mano con la aguja de una rueca a la edad de dieciséis años simboliza algo más que la maldición de Maléfica... simboliza la primera menstruación de la mujer.

Que no es el beso de un príncipe lo que despierta a la princesa del sueño eterno, sino el parto de mellizos fruto de una violación.

Una manzana envenenada no fue la única de las artimañas que usó la malvada bruja para envenenar a la ingenua Blancanieves. Antes, la bruja la peina con un peine emponzoñado, por lo que la joven princesa cae en sus redes más de una vez.

Y por si fuera poco, el famoso beso del príncipe azul que tanto les gusta, chicas, sigue sin existir. O por lo menos no en «los cuentos de hadas». Es el tropiezo de uno de los enanitos lo que hace a Blancanieves revivir mientras iba encerrada en el ataúd con un pedazo de manzana atragantada.

¿No son verdades apasionantes? A mí es un tema que me maravilla. He leído todos y cada uno de estos cuentos, buscado psicoanálisis y visto las películas una y otra vez, y nunca me canso de descubrir verdades. Sigamos, te estoy reservando el plato fuerte para el final.

A veces no resultan suficientes unas piernas de carne y hueso, ya que, sin voz, es posible que el príncipe Eric jamás llegue a reconocerte. Es incluso posible que con la última ola de la noche se te acabe el tiempo y mueras convirtiéndote en espuma. Este fue el contrato que Ariel firmó con la bruja del mar. Es tan posible que incluso el señor Andersen así lo quiso.

Ariel sentía como unos cuchillos cortaban sus piernas al caminar. Finalmente, el príncipe Eric termina enamorándose de otra princesa. La única alternativa que le quedaba a Ariel para salvar su vida hubiera sido bañar sus piernas con la sangre del príncipe, pero estaba tan enamorada de él que lo dejó vivir.

La Sirenita es uno de los cuentos de hadas que más me gustan… Pero vamos con mi favorito.

Un niño volador, una cuentacuentos con las hormonas alborotadas y un hada que en realidad se llamaba «Campanita de Hojalata» si lo tradujéramos literalmente del original: *Tinkerbell*. Además de no ser un hada de simetrías perfectas, es una criatura maleducada, grosera y, sobre todo, entrada en carnes.

Por si esto fuera poco, los niños perdidos regresan a Londres, por lo que Pan se queda muy muy solo. Y seamos sinceros, Walt, la ocasión perfecta para hacer de esta película una de tus joyas más preciadas fue aguardar la muerte del señor Barrie, cuando los derechos de la obra fueron donados a un humilde orfanato de Londres dedicado a niños sin padres.

En la actualidad, estos derechos son patrimonio de la humanidad, es decir, no necesitas pagar un solo euro para usarlos.

A pesar de su falta de fidelidad a las obras originales, El Chico de las Estrellas es un gran fan de estas películas. Al fin y al cabo son adaptaciones muy bien logradas, pero creí que sería justo rendir un pequeño homenaje a las historias de verdad, a esos escritores que realmente crearon los cuentos. Creo que es necesario saber qué fue lo que ellos querían contar, independientemente de qué alternativa nos guste más o menos.

Para los creadores de los cuentos de hadas.

Este capítulo es para ellos.

Yo creo en las hadas,

yo creo,

sí, creo.

21
La madrugada

**Cuando un dos de mayo
te fusila de placer.**

El Chico Más Guapo del Mundo me invitó a ver una película en su casa y El Chico de las Estrellas decidió que había llegado el momento de ver esa película.

Metió en una mochila un par de calcetines de algodón, un pantalón de piyama y un preservativo. Investigó cómo llegar al pueblo perdido donde vivía El Chico Más Guapo del Mundo… y llegó.

Aquel día, El Chico de las Estrellas se bebió los miedos y las dudas en el mismo trago y viajó con la cabeza apoyada en el cristal del autobús con un listado de baladas en los auriculares, como en un videoclip de La Oreja de Van Gogh.

Espera. No quiero que pienses que esta es la segunda vez que los tortolitos quedan, no. El Chico de las Estrellas estaba loco por El Chico Más Guapo del Mundo, pero no tanto. Antes de esto, habían quedado muchas veces. Se vieron más días. Incluso fueron al cine juntos a ver la película más mala del mundo. Pero no importa, porque ninguno de ellos estuvo más pendiente de la película que de la boca del otro.

Ver la peor película de la cartelera y hacerla suya.

La piel del Chico de las Estrellas era cada vez menos humana y más caballito de mar. **Siempre fue igual de gay pero nunca igual de feliz.** *Ivo* les fue ganando terreno a sus miedos y le nacían aletas entre los dedos cada vez que se lanzaba al mar. Cada vez que se jugaba la vida arriesgando en el amor. Como aquella noche en que las estrellas iluminaron a su chico.

Aquella noche las estrellas se pusieron
de acuerdo, aflojaron los tornillos
que apretaban las sienes del mundo
y le dieron unos segundos de ventaja
a la felicidad.

El Chico Más Guapo del Mundo estaba esperándolo en el banco de madera que había en la parada de autobús de Toledo. Cuando llegó quiso besarlo... pero mucho antes de que pudiera rozarle la boca con los labios, un abrazo interrumpió el beso.

Él le explicó que aquello era su pueblo, que sus padres rondaban y que nadie excepto sus amigos más cercanos sabía que era gay...

La familia del Chico Más Guapo del Mundo tenía varios departamentos repartidos por Toledo, y él había robado las llaves de uno de ellos para que pudieran pasar la madrugada juntos. El Chico de las Estrellas no había dormido nunca con un chico y la verdad es que estaba deseando hacerlo...

La película (como siempre) solo fue la excusa. Lo que realmente importaba era pasar la noche al lado de quien quieres, y ellos pasaron la noche el uno con el otro. De manera clandestina y en una cama extremadamente blandita a la que solían llamar «nuestro nidito».

Subimos a su departamento cuando el pueblo se fue a dormir, y él, que cuando se lo proponía era el mejor, había encargado unas pizzas que no tardaron en llegar. De las que además no comimos casi nada.

Sacó su cámara y tomó algunas fotos para que esos instantes de felicidad tampoco murieran nunca. Cenamos juntos, **el frío tras el muro y los sentimientos en casa**. Y cuando por fin llegó la hora de ver la película, resulta que al Chico Más Guapo del Mundo se le había olvidado el cargador de la computadora en casa, qué desastre.

Sí. Me enamoré de un desastre y lo dejé entrar, ¿qué le voy a hacer?

Por aquel entonces yo no sabía cuántas veces ni con cuántos hacía lo mismo que conmigo. Nunca supe a cuántos Chicos de las Estrellas traía a «nuestro nidito». Ni si él quería que yo fuera suyo tanto como yo quería que él fuera mío.

La película duró lo que un hielo en el mar, pues la batería solo nos dejó ver un trozo y los nervios me atraparon al vuelo.

El calor de una estufa templó «nuestro nidito» y la cama parecía el colchón de agua de Edward Manos de Tijera. El Chico Más Guapo del Mundo no llevó piyama, él dormía desnudo.

El Chico Más Guapo del Mundo se desabrochó el botón del pantalón enseñándome los colmillos y bajó el cierre de sus vaqueros invocando el centro de mi andar.

161

El Chico de las Estrellas no se quitó en ningún momento los pantalones ni la camiseta, es más, se tapó con la manta para que su amigo no pudiera percatarse de todo lo que le gustaba verlo…

La vergüenza es como una erección:
Cuando la tienes, se nota.

El Chico Más Guapo del Mundo se metió bajo la manta con las piernas desnudas y sin camiseta. Haciendo honor a su nombre solo con unos Calvin Klein del color de mi alma.

El Chico de las Estrellas tuvo que ponerse de costado. Solo su olor o rozar su cuerpo por debajo de la manta hacía que le temblaran las piernas…

El miedo a que sus padres pudieran entrar en el departamento y descubrirlos era algo que tampoco se iba de la habitación, aparte del calor de la estufa.

El Chico Más Guapo del Mundo
empezó a encenderme con las manos…

Los colmillos del Chico Más Guapo del Mundo se acercaron a mi boca, su aliento me llevaba al Edén, lentamente me perdía en su boca, y su cuerpo semidesnudo empezaba a rozarse con el mío…

Recuerdo como El Chico de las Estrellas sintió que, a partir de ese momento, cada segundo que no pasara besándolo serían kamikazes de Dios.

Me emborraché de labios, y «nuestro nidito» empezó a mecernos lentamente cuando me quitó la camiseta…

El Chico Más Guapo del Mundo le invadió el terreno a la manta que me tapaba las vergüenzas en secreto y apretó su mala educación contra la mía…

Aquella vez no tuve que forzarme como con Lady Madrid. El Chico de las Estrellas se sonrojó y se emocionó un poco porque comprendió que se sentía sexualmente atraído de verdad. Aquello era como un sueño, mi cuerpo respondía a sus órdenes. Era como si yo no fuera mío.

El Chico Más Guapo del Mundo me bajó los pantalones y quedamos en igualdad de condiciones. Se sentó sobre mí, cada vez que su piel coincidía con la mía nacía una estrella en el cielo…

Quería hacerlo conmigo.

Quería que nos quitáramos la ropa que nos quedaba y quería probar con él todo lo que me había perdido. Quería aliviar todas esas ganas de vivir y entender de dónde habían salido todas esas ganas de tenerlo solo para mí.

El Chico Más Guapo del Mundo me quitó los calzoncillos… y yo a él los suyos… todo con la luz apagada, con unas pequeñas dosis de imaginación bajo la manta…

El Chico Más Guapo del Mundo se dejó caer cuesta abajo y no pude evitar tomarlo de la barbilla para que frenara, para confesarle antes algo:

—Espera… —susurré tragando saliva.

—¿Qué pasa? —me susurró con ternura.

—Es la primera vez…

—Oh… tranquilo, me encanta… —me tranquilizó apartando suavemente mi mano, que detenía su descenso hacia mis piernas.

**Y jugamos a ser dos gatos que no se quieren dormir,
como canta Zahara.**

Y noté el aliento del Chico Más Guapo del Mundo en mí, cómo su lengua empezaba a retorcerme y se me helaba la sangre de las tripas…

Se coló por todos mis recovecos mientras mis manos acariciaban su nuca suavemente…

Del colchón brotaban chispas, yo estaba muy húmedo y él no dejaba de invocar mis Navidades. Regresó a mi boca un par de veces.

Y fui feliz.

**Es curioso porque yo era El Chico de las Estrellas,
y él me subió a ellas.**

Deseé haberlo conocido antes, haberle regalado mi virginidad y que él me la hubiera regalado a mí, pero todo el mundo sabe que hay cosas que no vuelven jamás.

Aquella vez, El Chico de las Estrellas no tuvo la necesidad de violarse a sí mismo para hacer el amor. Dejó de estar sometido a la sociedad, y los verdaderos sentimientos se pusieron la corona.

El Chico de las Estrellas se entregó en aquella madrugada en que se prometieron por primera vez, con un gay gigante embotellado en el corazón pidiéndole a gritos más madrugadas.

El Chico de las Estrellas no tuvo que imaginar en ningún momento a ningún otro chico que no fuera el que ya tenía entre las rejas.

Cuando terminaron, El Chico de las Estrellas le hizo un masaje con crema en la espalda. Su cuerpo estaba cubierto de pequeñas estrías que acomplejaban al muchacho (él las llamaba «zarpitas»). A partir de ese nombre, El Chico Más Guapo del Mundo siempre le pedía que le hiciera «zarpitas» y El Chico de las Estrellas simulaba como un pequeño tigre arañaba los costados de su espalda dejando aquellas marcas tan adorables.

Cubrió con crema su espalda y le escribió «Te *quiro*», del verbo «*quirer*».

Aquella madrugada se entregaron el uno al otro, inventaron un verbo y saltaron chispas.

Aquella madrugada, El Chico Más Guapo del Mundo le pidió al Chico de las Estrellas algo más, le pidió que fueran novios.

Y entonces descubrí que el dos de mayo no solo fue un levantamiento histórico.

O el cuadro de Goya.

El dos de mayo se convirtió en otro acontecimiento sin sangre ni fusiles.

Aquel dos de

mayo

probé el amor

por

primera

vez.

22
Arder

Si al deshojarle el corazón
sientes la espina que rompe tu llanto,
si por un beso
pones la vida.
¿Qué importa tu sexo?
Si pones el alma.

MALÚ

El Chico de las Estrellas se acostó dándole las buenas noches por teléfono a su novio y lo primero que pensó al despertar fue que el mundo se había vuelto loco.

Los titulares de los periódicos empezaron a ser desorbitados.

Por un momento llegó a creer que toda la gentuza que se juntaba para humillarlo en el pasillo de baldosas amarillas había gobernado el mundo mientras dormía.

«Homosexual es quemado vivo en Uganda
tras la aprobación de leyes.»

«Yoweri Museveni: "La homosexualidad es un crimen.
Anormales que necesitan rehabilitación".»

«Ley anti-gay rusa.»

«Violencia homófoba.»

«Palizas nocturnas.»

«Multas por besos.»

Y pensarás…

«Uganda, Rusia… qué lejos. Qué tarde. Qué frío.»

Como si España no estuviera atravesada por un flecha-zo hipócrita.

Con viejas de piedra. Capaces de lapidar a su propio hijo por el qué dirán en el pueblo. Como si el mundo no le tuviera reservado ya un listado de acometidas.

Eso sí, que no les quiten a sus presentadores favoritos. Telecinco. Mediaset.

Negras que les tapan los ojos a sus pequeños cuando beso en el metro.

Los supervisores que prefieren pedirles el boleto a men-digos y a homosexuales.

Taxistas asegurando que El Orgullo es grotesco y para-fernalia.

¿Que por qué no hace usted El Día del Machito?

Agradezca usted que no lo necesita.

Agradezca que tiene, porque sí, los derechos. Que son de todos.

Agradezca que a usted no lo quieran ver **arder**.

Siga conduciendo. Y cállese la boca.

Lo que ayer nos hizo callar el mundo
hoy nos une contra él.

¿Ves? Nací con un boleto engrapado a la frente.

Voy con las manos manchadas de sangre desde que se las tomé.

De sangre que hubo veces que no me dejaron ni donar.

Amando desde el doble fondo de mi caja torácica con las piezas de algo roto.

¿Cuándo dejó el amor de ser un juego
entre dos personas
para ser una batalla contra los demás?

Aparentemos que lo más importante es reparar el mundo mientras nos parten los huesos a la una de la madrugada en las esquinas.

Aparentemos que no me hace **Navidad** entre las piernas.

Verano en la boca.

Y **feliz** a mí.

Algunos piensan que estamos enfermos, otros que la homosexualidad es el problema del siglo XXI. Como si fuera un problema. Como si fuera del siglo XXI. Como si Platón y Sócrates no hubieran sido amantes.

Que mi amor es enfermedad

pero no me han visto la cara al venirme

ni la risa de salir corriendo.

El mundo quiere verme arder...

a

ver

si

me

coges.

23

Perdí los zapatos

**Hay caminos que hay que
andar descalzo.**

—Contigo he hecho muchas cosas por primera vez, ¿sabes?

—¿Como qué?

—Como enamorarme.

El Chico de las Estrellas y El Chico Más Guapo del Mundo cumplen seis meses.

El Chico de las Estrellas estaba locamente perdido de su sonrisa, y desde abril, respiró de su aliento con el corazón enroscado. El Chico Más Guapo del Mundo lo secuestró y es que no le pidió ni permiso. Se subían al tren sin más pasaporte que aquellos colmillos. Sin asientos libres pero sentados en el suelo. Príncipe Pío, Argüelles… ¿Hasta dónde pretendía llegar?

El Chico de las Estrellas no había planeado esto.

El Chico de las Estrellas volvió a vestir su sudadera bonita para cuando el mundo decidiera que podía volver a verlo. «Hoy quizá sí.» Nunca terminé de entender de dónde salían todas esas ganas de verlo.

Por primera vez en la vida soñé con ser papá. Dormir al otro lado de la cama. Los dos cepillos del vaso. El armario de las películas en la casa donde soñaba vivir. En la que estaba El Chico Más Guapo del Mundo esperándome para cenar.

Ya estaban tardando mucho en llegar los problemas...

La última vez que quedaron se intercambiaron los zapatos. Fue un acto bonito en que uno se ponía en los pies del otro. El Chico de las Estrellas le prestó sus botas plateadas, y El Chico Más Guapo del Mundo, sus Vans negras. Los dos se fueron a sus casas con los zapatos del otro.

Aquella misma noche, mientras El Chico de las Estrellas estaba preparándole una sorpresa que hacía tiempo tenía en mente, lo llamó.

La sorpresa era un álbum de fotos en blanco y negro que había estado creando en secreto para sorprenderlo. Le gustaba la cara de ilusión que ponía con las sorpresas. Era tierna.

—¡Hola, gordito!

—Hola, Chris —dijo El Chico Más Guapo del Mundo; parecía ocupado.

—¿Qué haces?

—Preparándome porque voy a encontrarme con alguien.

—¿Con quién? —preguntó El Chico de las Estrellas intrigado, ya que eran las dos de la madrugada.

—Con mi ex. Dice que me quiere contar algo —respondió.

Imagínate. Al Chico de las Estrellas se le detuvo el mundo. Hacía un tiempo que venían hablando de todos los exnovios que tenía El Chico Más Guapo del Mundo. Que eran muchos, y eso era algo que El Chico de las Estrellas nunca supo manejar. Era celoso.

No olvidemos el segundo superpoder de Colmillos Afilados. Era una persona mentirosa. Amor y mentira, qué combinación tan horrible.

Amor + Mentiras = *Syntax Error.*

Recuerdo como si fuera ayer que este fue el punto de inflexión en nuestra relación. El momento en que El Chico Más Guapo del Mundo escogió subirse al coche con su ex y perderse una noche por Toledo. Los seis meses hasta ese momento habían sido bastante buenos. El Chico Más Guapo del Mundo dejó de ver a su novio como una prioridad y empezó a tratarlo como una opción.

—¡¿Qué?! No —dije con voz enfadada.

—Claro que sí, ¿tú no sales con tu ex cuando quieres? Pues yo también —respondió él. Y ya no tenía esa voz cascabelera de la que me enamoré.

—Claro, porque mi ex es una chica, caray —expliqué angustiado.

—Ya, pero... ¿tú no eres el que dice que hay que ser libre y hacer lo que nos dé la gana? Pues eso voy a hacer —sentenció El Chico Más Guapo del Mundo sin dar más explicaciones.

De aquí en adelante la conversación está llena de insultos, improperios y cosas que jamás deberíamos habernos dicho. El Chico de las Estrellas no lo hizo bien. Uno tiene todo el derecho del mundo a quedar con su exnovio, a ser amigo o amiga de su expareja, a mantener una buena relación; lo que ocurría es que El Chico Más Guapo del Mundo siempre hacía las cosas medio a escondidas. Como ocultando algo. Es una persona poco transparente, y eso al Chico de las Estrellas le generaba una desconfianza mortal.

Lo último que recuerdo de aquella noche es a una Dama de Hierro entrando en su habitación y consolando el llanto del Chico de las Estrellas.

La Dama de Hierro ya conocía al novio de su nieto, a veces comían juntos cuando se quedaba a dormir, charlando de cosas que ya no recuerdo.

Te confesaré una cosa, duendecillo. Un pequeño secreto que es importante para mí: A veces, cuando imagino mis Navidades futuras, cuando mi abuela ya no esté en el mundo para cenar a mi lado, o La Mujer Que en Vez de Respirar Fuma tenga asuntos más interesantes que pasar las fiestas con su hijo, me imagino solo en una mesa sin familia.

Es uno de esos miedos secretos que uno no dice a menudo. El Chico de las Estrellas le tiene miedo a que La Dama de Hierro muera. Tiene miedo a quedarse solo, tiene miedo a no tener más familia y a envidiar al resto de sus amigos demasiado pronto. A los que sí tienen madres y padres, que por ley de la naturaleza cenarán con ellos en Nochebuena.

Pero El Chico Más Guapo del Mundo una vez acabó con ese miedo. Una vez, vi en él la familia que podría haber formado. Descubrí que él no me dejaría solo, que aunque La Dama de Hierro no estuviera, siempre podría cenar con él en Navidad o comer juntos el día de Reyes. Llegué a pensar que me quería.

Siempre imaginé un futuro con colmillos en la boca y zarpazos por la espalda.

Aquella noche en que El Chico Más Guapo del Mundo vio las estrellas con su exnovio, supo que eso no sucedería en realidad. Que cuando La Dama de Hierro le faltara, El Chico de las Estrellas estaría solo.

Enjugó sus lágrimas, escuchó todo lo que le preocupaba perder a su niño y lo que había sucedido. No recuerdo muy bien cuál fue la solución a todo aquello, lo que sí recuerdo fue lo que ella le dijo. Tan sencillo. Tan Dama de Hierro.

—No te puedo pedir que no llores, pero espero que sonrías muy pronto.

(«Pero espero que sonrías muy pronto.»)

Y entonces La Dama de Hierro vuelve a salvarme la vida. Como siempre.

Aquella vez pareció que El Chico Más Guapo del Mundo y El Chico de las Estrellas no volverían a verse. Pero no. **Hubo muchos principios de finales.**

El Chico de las Estrellas nunca supo con certeza lo que había pasado aquella noche entre El Chico Más Guapo del Mundo y su exnovio. Él sencillamente dejó al Chico de las Estrellas con los miedos y la duda. Él nunca le aclaró nada, el resto supongo que, como yo, ya te lo habrás imaginado.

La siguiente vez que El Chico de las Estrellas y El Chico Más Guapo del Mundo se vieron, le regaló el álbum que había estado haciendo. En él, le aseguré que pasara lo que pasara, siempre podría contar conmigo.

Fueron una pareja detallista. El Chico Más Guapo del Mundo lo mimó mucho en ese sentido. Un lápiz enorme con el que escribirían su historia, un frasco lleno de estrellas, suéteres de lana para el frío…

Los siguientes encuentros fueron mejorando. Después de la guerra, solo quedaba mejorar un poco. Pero la bomba no tardó en volver a estallar. Unas veces por su culpa y otras veces por la del Chico Más Guapo del Mundo. Ninguno de los dos fue un santo en la historia. Y en una de estas bombas, El Chico de las Estrellas tomó ese último maldito autobús con destino Sus Brazos.

Aquella vez, El Chico Más Guapo del Mundo le reclamó sus zapatos, los mismos que se habían intercambiado mientras yo te contaba todo esto. Curiosamente, El Chico de las Estrellas los llevaba puestos.

En aquel momento, El Chico de las Estrellas fue tan sumamente estúpido que se descalzó y le devolvió sus zapatos. El Chico Más Guapo del Mundo cogió sus zapatos. Y se fue.

La noche era fría y los autobuses de vuelta ya no saldrían. El Chico de las Estrellas se vio perdido. Y estuvo unas horas caminando descalzo por Toledo sin saber adónde ir.

El Chico Más Guapo del Mundo tardó en regresar. Aunque lo hizo y le abrió la puerta de su departamento, en el que se encontraba «nuestro nidito». Aquella noche fue brutal y desmedida. Aquella noche los gritos cortaban cabezas y las faltas de respeto se volvieron casi incurables. No hubo forma de parar la rabia del Chico Más Guapo del Mundo. Es cierto que El Chico de las Estrellas es celoso, que hacía cosas mal y que le faltaba verdaderamente mucho por aprender en aquello del amor, pero es que él nunca había tenido tantos exnovios como su compañero y, claro, no contaba con tantísima experiencia como la de nuestro antagonista.

El Chico Más Guapo del Mundo siguió gritándome incluso cuando no pude parar de llorar. Aprovechó para traerme mis botas y que así pudiera marcharme cuanto antes a la mañana siguiente.

Aquella noche no se nos clavaron las escamas del colchón, los golpes fueron sin armadura y la mierda casi nos come. Fue una noche dura y no fui feliz.

La relación se partió.

24
Flor en llamas

**Cuando los finales
te sangran.**

El Chico de las Estrellas cometió una última locura antes de dejarlo marchar.

Los recuerdos con espinas se le apretaban en la sien. La madrugada lo desvelaba con una soga al cuello, y la idea de no volver a verlo nunca más era lo más parecido a no querer vivir.

Aprendió que la felicidad también se acaba, que la vida no concedía tantos tratos, y que el mundo se estaba volviendo a convertir en ese lugar muerto donde los sueños llegaban descalzos y despeinados a Ninguna Parte.

Al Chico de las Estrellas se le estaban yendo las cosas de las manos. Se arrepintió de no haberlas sabido disfrutar. Se arrepintió de no haber sabido decir las palabras a tiempo, en su momento.

Al Chico de las Estrellas le llovió Madrid como solo Madrid sabía lloverle cuando pasó por el tremendo escaparate de una florería. Vio un ramo de rosas rojas enormes de un precio desorbitado. Pensó en El Chico Más Guapo del Mundo: a pesar de todo, lo necesitaba. Por un momento pensó en comprarle el ramo de rosas que costaba sesenta euros, pero no tenía dinero.

Con esos nueve euros decidió que debía intentarlo una última vez, que lo echaba de menos, que necesitaba volver a verlo, así que compró una de las rosas del ramo y tomó el primer autobús directo a Toledo.

Aquel fue un viaje duro para El Chico de las Estrellas. Se puso tan guapo como pudo, una chaqueta negra que lo hacía más delgado y se había hecho mechas rubias. Unos pantalones skinny como le gustaban al Chico Más Guapo del Mundo y unos zapatos pequeños. Unos zapatos que no fueron las botas plateadas.

Cuando El Chico de las Estrellas llegó a Toledo, no había nadie esperándolo en la parada. Era de noche y ni las estrellas estuvieron con su chico. Caminó hasta la casa del Chico Más Guapo del Mundo y llegó hasta su ventana.

Siempre nos encontrábamos en las ventanas...

toc, toc, toc. (Unos nudillos entumecidos impactaron contra un cristal con barrotes.)

El Chico Más Guapo del Mundo se asomó por su ventana y lo primero que atropelló el alma del Chico de las Estrellas fueron sus dos gotitas de vida mirándolo con un color distinto.

—¡¿Qué coño haces aquí?! —dijo la voz del Chico Más Guapo del Mundo, de la que ya no colgaban cascabeles.

—N-necesitaba verte... —tartamudeé.

—Pf. Joder.

—Sal... por favor —le supliqué con un hilo de voz.

Los ojos del Chico Más Guapo del Mundo se fijaron en la triste rosa que El Chico de las Estrellas sujetaba entre las manos. No tuvo dinero para más. Eso era todo. Y lo miró con desprecio.

El Chico de las Estrellas sintió vergüenza de sí mismo. Él valía mucho más que una triste rosa, pero él no podía pedirle más dinero a La Dama de Hierro porque ya casi no llegaban a fin de mes. El resto de dinero que no había invertido en la rosa tuvo que usarlo para el autobús. Ese autobús. Ese maldito autobús.

El Chico Más Guapo del Mundo terminó saliendo de casa sin amor para El Chico de las Estrellas. Sin diamantes en los ojos ni ganas de verlo.

—Como mi padre te vea aquí, te mata. Te tiene unas ganas… —amenazó El Chico Más Guapo del Mundo.

—Solo quería darte esto… —Extendí el brazo entregándole la rosa.

—Quédatela, no la quiero.

—Tómala, por favor —dije con lágrimas en los ojos y la mirada en el suelo.

—¿Pretendes quedarte a dormir aquí? —preguntó El Chico Más Guapo del Mundo adivinando que aquella noche no tenía adónde ir.

—No. No hace falta… —Fingí no necesitarlo.

El Chico Más Guapo del Mundo terminó aceptando la rosa de mala gana y le ofreció dormir en uno de sus departamentos. Y, sinceramente, de haber sabido lo que ocurriría… me hubiera quedado en la calle.

El Chico Más Guapo del Mundo le dijo al Chico de las Estrellas que no volvería con él por nada del mundo. Que quería una nueva relación y que encontrar algo totalmente distinto a él sería lo mejor que podría pasarle.

179

Sus manos ya no buscaron sus manos, la película en la televisión ya no fue una excusa suficiente para verse, el alcohol ya no supo a alcohol y El Chico Más Guapo del Mundo no le dijo una sola palabra de consuelo. Un «fue bonito» o «deseo que seas feliz, Chris». Nada. De nada. DE NADA.

Pensó que tendría que dormir aquella noche en el sofá, lo más alejado de la piel de su exnovio. Aunque, curiosamente, este insistió en que durmiera con él...

Estás a punto de descubrir la noche más triste de mi mundo, aún se me eriza la piel de recordarla.

—Qué frío... —musitó El Chico Más Guapo del Mundo metiéndose en la cama de matrimonio.

El Chico de las Estrellas se levantó en el acto en busca de una manta que lo ayudara a entrar en calor. Cuando la encontró, lo cubrió con ella con la mayor delicadeza posible. Estaba tan enamorado.

—Aquí tienes... —dije con una voz estúpida.

—Creo que deberías aprender a interpretar las indirectas —me reprochó.

Entonces El Chico de las Estrellas no entendió nada, pero daba igual; aquello solo podía significar que quería un abrazo, y sinceramente... en ese momento lo hubiera abrazado aun siendo el mismísimo diablo.

Lo abrazó como solían abrazarse para dormir cuando eran novios, cubriéndole el cuerpo desde atrás, pasando su extremidad alrededor del frío, respirándole en la nuca.

Entonces algo se desató en sus interiores, no sabría explicar muy bien cómo ni qué pasó, no sé si se durmieron y después despertaron o solo fue un sueño, pero al cabo de un rato sus labios se habían juntado.

De la mirada del Chico de las Estrellas empezó a llover. A llover porque no entendía nada, como si eso hiciera falta, como si un beso no lo estuviera resucitando; aunque supiera a no amar, aunque fuera el beso que le dio por aburrimiento, con eso le bastaba.

Por un momento pensó que se volverían chinos de la risa, se contarían todo lo que se habían echado de menos o que terminaría haciéndole «zarpitas» por la espalda…

Pero no.

Por un momento pensó que su lado izquierdo no tendría Photoshop…

Pero tampoco.

Ahora es cuando entenderás el porqué de su nombre. Ser El Chico Más Guapo del Mundo era simplemente eso. Ser guapo. No había sitio para un corazón estando siempre tan bien maquillado.

Sus dedos empezaron a filtrarse por mis huecos, haciendo de mí el mapa de los tesoros perdidos. Me quitó los pantalones bruscamente y me dejó que no me quitara la camiseta. No me sentía bien, tuve mucho miedo.

Por un momento pensé que la vida se estaba ensañando conmigo por haberle hecho daño a Lady Madrid, por no haber sabido detener su dolor a tiempo. Y probablemente fue lo que pasó.

—Espera… —supliqué con la carita empapada.

—¿Qué?

—Tú… ¿Tú me quieres?

Y se hizo el silencio. Y sus manos por un momento respetaron mi cuerpo que se había quedado temblando. El que no quería darse más a conocer si no lo quería de corazón, si solo era otro de sus exnovios con los que tener sexo una noche.

—Sí… —susurró tan bajito que ni el más tonto hubiera sido capaz de creérselo.

Siguió hurgando con la mano los huecos de mi corazón y sentí cómo mi Gigante regresaba a su botella. No podía parar de llorar, necesitaba que se detuviera un momento, pero no sabía cómo pedirlo.

—Espera, por favor… necesito saberlo —sollocé.

—Que sí… —insistió él.

Entonces El Chico de las Estrellas no pudo evitar llorar un poco más hondo porque lo creyó. O eso me gusta pensar.

En realidad sé que no lo creí, que lo quería creer. En realidad sé que solo quería quedarse a gusto antes de no volver a verme más.

El Chico de las Estrellas también empezó a desvestirlo y la luna lo abandonó por tonto. Aquella noche fue tan triste que ni las estrellas estuvieron con su chico. No podría decirse que aquella noche fuera El Chico de las Estrellas, podría decirse que aquella noche fue El Chico Que Se Dejó Usar Mientras Lloraba.

¿Qué fue de toda esa magia?

Aquella noche no se pareció en nada a aquella madrugada del dos de mayo en que lo trató tan extraordinariamente bien. Sus movimientos fueron torpes entre lágrimas, no lograba superar el momento, necesitaba un respiro, un beso de verdad, un abrazo. El Chico de las Estrellas no sabe hacerlo sin cariño.

Aquella noche, El Chico Más Guapo del Mundo se quedó dormido mientras El Chico de las Estrellas exhalaba cada uno de los últimos instantes que sabía que estaría durmiendo a su lado.

Fue lo más parecido a un desliz con la muerte, porque cuando terminaron, tras dejarlo satisfecho, El Chico de las Estrellas preguntó por última vez...

—¿Me quieres?
—No. —Y se quedó dormido.

A la mañana siguiente no hubo más palabras. El Chico Más Guapo del Mundo lo acompañó a la parada de ese maldito autobús.

Al que me subí llorando, suplicándole al conductor que me llevara a Madrid porque no tenía dinero. Que me daba vergüenza pedírselo al chico que estaba ahí abajo porque acababa de convertirse en mi exnovio y que se lo devolvería en cuanto llegáramos a la estación.

El Chico Más Guapo del Mundo nunca supo esto.

El Chico de las Estrellas escapó de una cárcel de amor con el sueño roto de ser junto a él.

—Me marcho... —dije con el corazón en mil pedazos.

—Sí —contestó él.

—No volveré nunca más.

—Lo sé —dijo él regalándome una lágrima. Al menos me regaló una.

Entonces, El Chico de las Estrellas pensó que (tal vez) sí lo había querido. En aquella lágrima encontró una extraña dosis de misericordia, aunque sus besos no supieran igual, aunque sus gotitas de vida no lo miraran bien, aunque estuvieran acabados. Me alivió ver aquella lágrima porque fue la prueba de que una vez me quiso.

El autobús tardó en llegar. Ese maldito autobús siempre había llegado demasiado rápido. Siempre los había privado del puto beso que querían darse para despedirse. Y aquella vez en que no podían soportar verse las caras destrozadas, no llegaba. Es triste saber que me recordará siempre así; tocado y hundido.

Fuimos todo aquello que no supimos darnos. Fuimos ese abrazo con que nos despedimos llorando. Fuimos la idea de que a partir de ese momento no volveríamos a hacernos daño. Que se había acabado, que no habría más fuego, ni más dolor.

Pensé por un momento que, si alguna vez me había querido ese chico, simplemente me dejaría en paz.

Pero a los pocos días, a las pocas mañanas de despertar con la resaca de sus recuerdos, al poco tiempo, en que aún lo amaba, amanecí con un mal presentimiento. Con un nudo en la garganta.

Desperté y me metí en sus últimas publicaciones, acostumbrado a la adicción del dolor. Encontré la rosa que le regalé en llamas.

Encontré que el Chico Más Guapo del Mundo había borrado todos los momentos en que nos inmortalizó con su cámara, y en su lugar **una flor en llamas.**

El Chico Más Guapo del Mundo sujetando la única flor que he regalado ardiendo. Ardiendo junto a unas palabras:

«Me cansé de tus sentimientos baratos,

de tu rabia,

tu ira,

tus malas energías,

las falsas treguas y tu asquerosa fantasía.

Tu recuerdo ardió en llamas viciando el aire,

haciéndolo corrosivo.

Esta maldita rosa fue tu último golpe.

Ahora está podrida, como tu alma.»

Y nunca más

volvieron a verse.

25
El cuento del barco roto

O besos varados en el puerto
del olvido.

Tres meses después

Hace un tiempo que abandonaste el barco.

Es una fragata de doble timón y velas blancas con una decena de camarotes en su interior.

Es pequeño y se llama *Delirante*, como nuestro amor. Es un nombre raro para un barco, pero bueno, solo es un nombre.

Tiene un porche de madera en la cubierta, desde donde se ven tormentas perfectas cuando el mar se desvela embravecido.

Es un buen barco y se necesita un mínimo de dos personas para manejarlo.

Era nuestro.

Lo robamos del Puerto de las Dudas aquella madrugada en que nos prometimos por primera vez.

Aguardamos escondidos a que los guardianes del miedo se quedaran dormidos. Escapamos de noche y en silencio, y a sus despertares, ya estábamos lejos.

Nos perdíamos entre los mares de algunas de nuestras canciones de amor. Las de cuando hacíamos el amor, ¿recuerdas?

Entonces parecía que Dios y su otoño estuvieran de nuestra parte. El muy idiota debió de pensar que necesitábamos su aprobación o algún tipo de excusa barata para darnos calor.

Por aquel entonces estaba de nuestro lado.

Cada vez que queríamos encontrarnos, él se asomaba a la ventana, tiraba de sus cuerdas para mover un par de nubes y así ponernos nuestra ropa favorita, la de invierno.

La que se juntaba en cada esquina donde nos besamos.

Qué bonitos fueron todos aquellos paseos en barco.

Madrid – Toledo.
De tus colmillos – A mis labios.

El mar meciéndonos en calma y nosotros tan convencidos de nuestros sentimientos (o eso parecía).

Nos arriesgamos, nos hicimos inmortales, te besé cada trozo de piel en los portales.

Nos empapamos de la bruma de los mares, y sin querernos pisar, nos caímos a pares.

Marineros de alta ingenuidad, creídos capaces de soportar la mayor de las tempestades. De los maremotos, de los sabotajes, lo que fuera.

Las pequeñas tormentas son inevitables en todo viaje.

Las pequeñas tormentas fueron incluso tiernas.

Las pequeñas tormentas nos brindaban la oportunidad de darnos la tregua. Después de la tempestad llega la cama.

Nos creímos tanto el asunto de la inmortalidad que superamos muchas cosas juntos.

Pero el mar es traicionero, nuestra droga cada vez mordía más adentro, antiguos fantasmas, desilusiones, celos.

Todas las veces que se nos oxidó el alma de pensar en cosas que no había que pensar. En los momentos que no supimos relativizar las cosas, cuando hicimos de los problemas, problemas más grandes.

Los momentos bonitos se hicieron cortos.

Las mentiras, sus balas.

Y el silencio, caballos salvajes.

Aprendí a disfrutar la vida a poquitos. Que en cualquier momento te cambia los planes.

El barco parecía irse a flote en algunas tempestades. Comenzamos a vivir en camarotes distintos. Qué pronto dejamos de mirar el mar.

Pero ayer eso no nos importó demasiado, ayer arreglábamos los rotos. Bueno, en realidad, no.

Creo que nunca arreglamos los rotos, pero lo parecía, que es casi más peligroso que lo que está roto. Siempre se nos atascaba el motor con una pieza suelta, pero como al rato volvía a arrancar, nunca lo abríamos. No nos atrevimos a mirar.

Habría que haberse gritado los errores, las mentiras, las heridas.

Habría que haberse vuelto valiente, vaciar la herida, sacar la astilla y desinfectar.

Habría que haber hecho lo que no sucedía.

Un paciente necesita saber que está enfermo para ir al médico. Dos no discuten si se están besando. Y desangrando. Y de todo a la vez pero de nada al mismo tiempo.

Lo peligrosamente poético de *Delirante* es que los barcos de doble timón se hunden si no lo sujetan dos personas.

Cuando parecía que perecíamos definitivamente, uno de los dos salía de su camarote despavorido para agarrar su timón y salvarlos.

Nos buscábamos porque queríamos encontrarnos.

Uno de los dos siempre nos salvaba en el último momento.

Aún recuerdo mi angustia atragantada abriendo las puertas de los camarotes de par en par en busca del abrazo de la noche.

Siempre hubo abrazo de la noche y nunca camarote lo suficientemente alejado del otro como para separarnos.

A veces dormíamos tan abrazados que a la mañana siguiente no tenía muy claro dónde terminaba yo y dónde empezaba él.

Pero los guardias del miedo se despertaron del Puerto de Las Dudas. Y hace meses que salieron en nuestra busca.

Y quien dice «miedos» dice «terceras personas». Y quien dice «terceras personas» dice «circunstancias, envidias y odios». Y quien dice todo esto dice «inmadurez, mentiras y ganas de no hacer bien las cosas».

Todo un ejército naval en nuestra contra.

En una de esas noches en que te buscaba con angustia en la garganta para que, por favor, regresaras al timón porque nos hundíamos, porque yo solo no podía, no te encontré.

Puerta por puerta, fui abriendo todos los camarotes del interior de nuestro pequeño *Delirante*. Necesitaba perderme en nuestro abrazo de dormir para encontrarme.

Pero se me acababan las puertas…

Sonó la alarma y los miedos iniciaron el abordaje de *Delirante*.

Ojalá hubieras estado ahí, amor mío, tendrías que haberlos visto.

Se estaban apropiando del barco.

Y se me acababan las puertas.

Destrozaron el porche de nuestras noches mirando las estrellas, incendiaron «nuestro nidito» y contaminaron nuestro mar de canciones de amor. Ya no puedo escuchar esas canciones.

Y se me acababan las puertas.

Y lloré.

Y supe que había llegado el momento de volver a mi timón, el que estaba justo al lado del tuyo, vacío.

Llegué a pensar que tú no tendrías la culpa. Que los miedos te podrían haber secuestrado mientras dormíamos. O puede que me abandonaras a la deriva cansado de las lluvias.

O quizá encontraras un barco mejor. Un beso más largo en Gran Vía. Con más velas, timones de metacrilato y sudaderas de Hollister.

Quizá con un porche colosal, con un nido más cómodo y un chico más guapo.

Antes de que el mar se tragara nuestro pequeño *Delirante*, de que el agua me arrastrara los pies, miré al cielo.

Vi la ventana de Dios cerrada. Que ya no estaba de nuestra parte. Que no volvería a tirar de las cuerdas para movernos las nubes.

Te eché de menos más que a mí mismo.

Soñé que aparecerías en el último momento como habías hecho alguna vez. Agarrando tu timón, con velas en la ventana y ganas de escucharme. Salvándonos el amor una última vez.

O enseñándome a nadar.

Soñé que serías la puta sirena que me llevara a la playa.

Pero se me acabaron las puertas.

El barco.

Y el aire.

Me hundí con nuestro pequeño *Delirante* en las manos.

Y si morí, fue pensando en ti.

Te confesaré un secreto… A veces, cuando imagino mi yo futuro, veo a un hombre con un hijo del que no eres el padre, recordando a *Delirante* antes de ir a dormir. Veo a mi niño emocionado con las aventuras de su padre, las que fueron nuestras. Y ya no lloro.

A veces pienso en si debería haber saltado cuando tuve la oportunidad, en si deberías haber sido tú el último en buscarme con la angustia en la garganta de camarote en camarote.

Y creo que no.

Me gustó ahogarme por ti.

Y creo que no podría haber sido de otra manera, pues yo nunca habría sido capaz de soportar que tú murieras por mí.

Y entiendo que principios de finales siempre tuvimos muchos, pero que finales solo hicimos uno.

Y que llega.

Y que se acaba.

Porque aquella fue la única forma de terminar muriendo en aguas que sabían a ti.

El último que deje de amar pierde.

Y entonces mi yo futuro se marcha a la cama.
La que comparto con el hombre
que no huele a ti. Que no me abraza como tú.
Que no tiene estrías por la espalda.
Y ya no lloro.

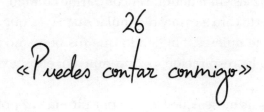

26
«Puedes contar conmigo»

O cuando la carta se queda
en el cajón.

Seis meses después

¿Cuántas veces fingí que mis amigos no tenían razón?
«Oye, te está haciendo daño.»

Te encontré meses después, desetiquetándome de las
fotos en las que nos hiciste inmortales. De las pocas que
todavía no habías destruido.

Siempre enganchado a tus exparejas. Te era cómodo
volver a mi lado para asentar la cabeza, para sentir que al
menos alguien te esperaba de verdad.

Aún recuerdo todas esas madrugadas llorando por ti.
Despertándome pisando los cristales de las lágrimas de la
noche anterior. Todavía recuerdo todas las cosas que hice
por ti, el álbum de fotos, el desayuno en la cama con las
tostadas que hacía mal, los oídos cuando peleabas con tu
familia, los besos de consolación. De todos los autobuses
nocturnos bebiéndome kilómetros por ti. Las veces que te
entregué la vida y de las que **juro que no me arrepiento**.

Han pasado seis meses.

Seis meses sin tener que encontrarme contigo, verte los ojos, tenerte cara a cara y disimular que no sé que en realidad no me quieres. Fingiendo que tus besos no sabían a contener la respiración o que aún en ellos existía ese «algo».

Hace seis meses que tropecé por última vez por amarte mucho y sin mirar.

Peter Pan creció. Cambió. Ha pasado tiempo y ya no te guardo rencor. Saliste de mi vida y no para dejar entrar a alguien nuevo, sino para sacar lo que no cabía.

No cabían más lágrimas, más insomnios, más miedos, más egoísmo. No cabías más tú.

Aprendí a sobrevivir sin olvidarte. No necesité odiarte para aceptarte. Ahora eres una imagen en mis recuerdos llena de cariño, pero nada más. Te deseo lo mejor, la guerra ya se terminó.

Ahora, incluso, echo un vistazo al pasado y te agradezco esa flor en llamas. Haberme dado la oportunidad de aprender. Rescatarme de quererte demasiado. Porque, irónicamente, debilitándome me hiciste más fuerte.

Ahora incluso no regreso a nuestro trocito de Madrid los viernes por la tarde, por si vuelves. Ahora no me doy la vuelta cuando te huelo en el metro. Ahora no pregunto por ti. Ahora incluso te deseo lo mejor.

Contigo aprendí demasiado rápido a dejar de volar. A verme poco y sentirme feo. No hay ni un espejo que no se acuerde. El cansancio de tus besos se dio cuenta, tu cariño y tus retinas, también.

Recordé que para tocar el cielo no se necesitaban tintas ni pactos con ningún infierno. Ni pastillas para dormir. Ni estrellas brillantes por las paredes. Ni que te bajen la luna.

Recordé que para tocar el cielo ni siquiera se necesita sexo con El Chico Más Guapo del Mundo. Que no lo quiero.

Para tocar el cielo hay que bajarse al barro, abrirte la cabeza y soltar el estómago. Sangrar un amor. Volver a ser niño. Estirar de las cuerdas y enmendarte las heridas. Para tocar el cielo hay que ser valiente y volver a enamorarte.

Entonces y solo entonces, si aún quieres, la vida te invita a tocar el cielo…

«¿Quieres?», y te guiña un ojo.

Y aceptas la cita.

Y vuelves a verte las alas.

Y a todas esas ganas de echar a volar.

Soy incapaz de resumir en letras todo lo que sentí por ti. O hablarte sin más de todos los domingos que después se hicieron nostalgia.

El desencanto de un amor que me lo hizo lento y se fue volando. La honestidad del esclavo de mi propia sensibilidad. El poder del silencio. El poder de la soledad. El poder de que la verdadera historia de amor dejó de ser contigo para ser conmigo.

El Chico de las Estrellas estuvo tan enamorado de ti que cuando lo dejaste se perdió. Yo sé que me perdí. Te buscó en bocas que no tenían colmillos, en noches que no eran las tuyas, en drogas que no eran de tus manos.

Le costó aceptar el final. Y lo aceptó.

Entendió que cuando las cosas terminan se transforman, y lo que entonces le partió el alma hoy es lo mejor que le podría haber pasado.

Ahora no quiero saber si me recuerdas.

Ni si me lees.

Ahora solo guardaré los buenos momentos de ayer. Me olvidaré de los desperfectos y de la ingenuidad. Y recordaré las tardes de invierno por Madrid, las noches enteras sin dormir, como canta Amaia, en que...

la vida pasaba

y yo

sentía

que me iba

a morir de amor.

Y fue delito textual,
pero jamás envié esta carta.

27

Epílogo

**O cuando los sueños se
los haces realidad.**

Este epílogo se está escribiendo el 10 de noviembre de 2014
a las cuatro y media de la madrugada. Por alguna razón quitaron los boletos del transporte público y ahora hay una tar-
jeta electrónica en la que El Chico de las Estrellas no puede
escribir a gusto los instantes de sus meses. Pero no pasa
nada porque lo escribiré aquí para que quede para siempre:

Termino de escribir mi primer algo de portada azul
y título respetable: *El Chico de las Estrellas*

Noviembre, 2014.

Me siento extraño, duendecillo. Este libro está llegando a
su fin, lo que significa que vamos a tener que despedirnos.
Pero quiero que nos despidamos bien, como nos merece-
mos, ¿vale? Quiero saber si recuerdas algo.

Terminar un libro es una sensación extraña. He llorado,
trasnochado y aprendido muchas cosas *escriviviendo El
Chico de las Estrellas*. Vacié mis entrañas, la nostalgia se fil-
tró por las teclas y me volví a enamorar de algún que otro
personaje sin darme cuenta.

Y, paradójicamente,
conocí al Chico de las Estrellas.

Terminar un libro es sentirse extrañamente bien. Siento que es el final de una etapa y que todo lo que conté ya se terminó. De ahora en adelante se acerca una nueva vida, nuevos vasos en la ventana, nuevos instantes y nuevas habitaciones llenas de estrellas. Volví a cambiar de casa.

El Chico de las Estrellas no deja de ser un pedacito de mis veinte años de vida. Presiento que llegarán nuevos personajes, nuevas lunas a las que soplar y que un nuevo Chico de las Estrellas nacerá dentro de poco.

Siento que este epílogo es el principio del final. Y me da nostalgia, porque no deja de ser una despedida, pero al mismo tiempo se me llena el cuerpo de incertidumbres, ganas y miedos, porque empieza otro momento.

Necesitaba escribir este libro para poder cerrar una etapa.

El primer día que nos conocimos te pedí algo... te pedí que me recordaras solo si me lo merezco. Te pedí que me leyeras despacito y fugaz. Que me dejaras entrar, pero no me invitaras a dormir. Te pedí una cita, romperte el corazón y que hiciéramos esto bien. Te pedí que me llamaras El Chico de las Estrellas solo si creías que me lo merecía... ¿recuerdas?

Bien, pues ha llegado ese momento en el que tú decides. Tú decides si me recordarás, si me echarás de menos tanto como yo a ti.

La Arquitecta de Sonrisas tuvo que marcharse por problemas económicos. El aeropuerto que vio llegar al Chico de las Estrellas de su exilio fue el mismo en que se despidieron. La Arquitecta de Sonrisas prometió volver. Porque su hogar está con El Chico de las Estrellas. Porque nunca nadie lo defendió como ella. Nunca.

La Chica del Reloj de Pulsera también se marchó. Ella está estudiando en Bulgaria un Erasmus y también regresará pronto. Muy pronto. Mucho más de lo que podamos imaginar. Está deseando volver a verla.

Lady Madrid volvió a encontrar el amor. Siguió bailando con la anarquía en los cabellos y el mundo sigue quedándose embobado con ella.

La Dama de Hierro continúa escuchando a la gente. Cuidando del Chico de las Estrellas y salvándole la vida cada vez que lo necesita. La Dama de Hierro sigue siendo inoxidable. Poco después de donde terminamos la historia, La Dama de Hierro y El Chico de las Estrellas volvieron a mudarse. Aquella fue la ocasión perfecta para hacer de unas nuevas paredes, estrellas. Los problemas económicos siguen mordiéndonos los talones. Pero hemos aprendido a vivir con ello. No importa, presiento que eso no terminará nunca, da igual, porque ella y yo hacemos un bueno equipo, mi abuela y yo tenemos algo que muchos ricos no tienen: **Magia.**

El Chico Más Guapo del Mundo y él no volvieron a verse nunca. Es hora de cerrar la etapa. El Chico de las Estrellas no olvidará jamás ese dos de mayo.

Tras quemar la flor, El Chico Más Guapo del Mundo siguió intoxicando recuerdos para sobrevivir. El odio es amor mal gestionado. Igual necesitaba recordarlo de la peor manera posible para seguir. Y con el tiempo, olvidar.

No creo del todo en las malas personas, a mí me gusta pensar que cuando alguien te hace daño es porque no supo hacerlo mejor. Intento creer que cuando alguien se equivoca, es porque no tuvo recursos suficientes. Llámame frívolo, pero después de todo… ¿Qué son las malas y buenas personas, sino circunstancias, decisiones o miedo a pedirse perdón?

El Chico Más Guapo del Mundo ha sido lo mejor y también lo peor que me ha pasado nunca.

¿Y El Chico de las Estrellas?

¿Qué fue de él?

¿Qué hace ahora?

El Chico de las Estrellas cumple hoy un sueño. El Chico de las Estrellas termina su primer algo de portada azul y título respetable.

El Chico de las Estrellas perdonó a su madre y se aceptó por completo. Y nunca más volvió a callarse ante las injusticias cuando el mundo se excedía. Regresó al pueblo que lo vio crecer, donde paseó de noche con su grupo de amigos imperfectamente mágicos sin piedras que le partieran la nuca. No volvieron a insultarlo nunca más. Hizo de sus fragilidades la fuerza. Convirtió el daño en impermeable. Donde si el vudú de un «¡maricón!» partía el cielo, pinchaba en hueso.

El Chico de las Estrellas sigue creyendo en el amor, soplándole a la luna y *escriviviendo* desde sus botas plateadas. Sigue estudiando su carrera con la esperanza de, algún día, volver a tropezar con alguien que le cambie la vida.

Me gusta creer que El Chico de las Estrellas seguirá escapando del mundo cada vez que lo necesite, que tomará un avión o escribirá sobre un papel. Que nunca se quedará donde duele o que hará por cambiar las cosas cuando a las cosas le salgan espinas. El Chico de las Estrellas sigue pintando esa estela de habitaciones estrelladas por los departamentos en renta de Madrid. El Chico de las Estrellas sigue.

El Chico de las Estrellas continúa siendo el protagonista de su vida, luchando por su ilusión de escribir, buscando un peine y unos zapatos para esos sueños que…

llegan

descalzos

y

despeinados

a

¿Alguna Parte?

Mis más
queridos
agradecimientos

**O cuando les toca a ustedes
ser los protagonistas.**

Me veo ante la deliciosa obligación de presentarles a los personajes de mi historia, solo que esta vez no serán personajes y sus nombres abandonarán la poesía.

Aquellos que han hecho realidad la historia.

Mi vida:

A mi abuela, Carmen (La Dama de Hierro). Por salvarme la vida y hacerme un hombre. Gracias por enseñarme a conservar la capacidad de alejarme de las cosas que me hacen daño. Que este libro sea el reconocimiento a tanta fuerza inoxidable. Mi nombre lo hizo tu voz.

A mi madre, África (La Mujer Que en Vez de Respirar Fuma). A mí me gusta pensar que cuando alguien se equivoca, sencillamente es porque no supo hacerlo mejor. El mundo sin errores sería demasiado razonable. Me diste pasión. Y es que aunque no sepamos tenernos, te quiero.

A Ana María (La Arquitecta de Sonrisas). Vivo con el miedo que me regala la certeza al pensar que nunca encontraré a alguien que me defienda como tú. Contigo, las guerras no supieron ser perdidas.

A Marina (La Chica del Reloj de Pulsera). Cierra el libro. Mira cómo se llama. ¿Lo ves? Lo hicimos. La vida contigo pinta interminable.

A Cristina Mata (Lady Madrid). No supe hacerlo mejor. Perdóname.

A Mónica (La Mujer de las Velas). ¿Qué se siente cuando curas a alguien? Gracias.

A Juanita (La Chica de las Arepas). Te conocí en invierno; a tu lado, el frío solo fueron cuatro letras.

A Frederic (El Trompetista en la Tormenta). Quizá eras magia pero no supe sentirte. Te veo en cada trompeta. Suerte.

A La Señora del Jugo de Tomate. Pues nada, oiga, que tenía usted razón. Lo conseguí. Gracias.

A Jim (El Chico Más Guapo del Mundo). Por los colmillos, las balas y el primer amor. Nunca tantos demonios fueron tan musas. Sin pasión ¿qué sería de la historia? Cuídate.

Pero esto no es todo. Era lamentablemente imposible meter en la historia a todas las personas que han formado parte de mi vida. Pero sí podré meterlas aquí.

Porque también merecen estar.

Porque se lo han ganado.

A Daniel Ojeda. En equipo, los fracasos se dividen y las victorias se multiplican. Eres el rincón donde cuido mis sueños. El lugar adonde vienen a nacer. Nunca un hermano lo fue tanto sin serlo. Nadie antes me había quitado el pantano de las alas. Para hablar de mí me faltas tú.

A Irene Galindo. Por hacerte rendija cuando no puedo respirar. Una gata como tú vale por siete mujeres juntas. Sigamos rompiéndonos de amor, que si perdemos trozos, siempre podemos compartir lado izquierdo. Te quiero.

A mi familia (a mi tía Alejandra, a mis tíos Rodolfo y Ernesto, a mi hermano David, a Maripepa y a mis pequeños pero cada vez más grandes primos Alejandra y Marcos), por ser lección de amor. Los amo.

A mi otra familia (a Esther, Aníbal y Mari. Y por supuesto, al padre de mi hermano, Aníbal hijo), por ser el hogar más bonito que mi hermano pudiera desear.

A CALAVACIMAN, por ser niñez (y ser ahora).

A Cristina Mata, por volver a ser los niños que fuimos en teatro.

A Ana Barbero, por ser mi primer beso.

A Laura, por los atardeceres en la azotea de Tenerife.

A Aurora, por Casiopea.

A Vicente. Qué de años creciendo juntos... ¿Lo ves? Es que nada nos va a separar.

A Adriana, por tu amor a los animales; engrandece.

A Isabel, por ser la casualidad más bonita que me ha dado un cumpleaños.

A Marina, por enseñarme a soplar a la luna.

A Ana, por que vuelvas, mi amor. Tu hogar está con nosotros.

A Natalia, por los años que nos regalamos.

A Nuvia, por habernos enfrentado a la vida siempre de la mano (y a la vez).

A Pepe y Pablo, por su calidad humana. Que el mundo no los corrompa nunca, para mí son de oro.

A Cristina Liras, por ser la hermana que nunca tuve y siempre necesitaré.

A Katia, porque nunca nadie me conoció tanto desde tan lejos. No crezcas jamás.

A Mari, Javi y Lucía, por ser la literatura que moverá el mundo y los mejores amigos de la universidad que jamás soñé.

A Leire y Manu, la condición se vuelve orgullo con personas como ustedes.

A Ane y Lena, por *Lau Teilatu* y por «nefelibata».

A mi editora Irene (y a todo el equipo), pues uno no puede dar grandes pasos sin grandes zapatos. Gracias por darle botas a este sueño que llegó descalzo y despeinado a… ti.

A Jorge García Ruiz. Por las acuarelas. Ahora la gente puede ver mi vida y lo hace desde tus manos. Siempre supe que serías tú.

A Mario Cabezas, Iman (*aka* «Campanilla»), Hugo Maqueda y Álex (*aka* «Gnomi») por hacer que Twitter valiera la pena.

También a Óscar, Marco, Iván, Jano, Mariquitos (*aka* «Kovu»), Álvaro (*aka* «Duquito»), Dani (*aka* «Danonino») y Daniel Sánchez.

A Loreto. Por el sushi, las noches de verano a las estrellas, los viajes en descapotable y porque nosotros nunca nos quedaremos «A dos "Te quiero"».

Y a Gabri. Un segundo… pero valió la pena. 28.

A María (La Arquera Encapuchada), a Ánder (El Gigante del Norte), a Nuria y a Rosanna, mis profesores. Nunca olvido a aquellos que supieron cuidarme.

A Alejandro Z (*aka* «Dragoncito»), Danny Cebre, Isa, Alberto (*aka* «Bfan») y Andy, porque hicimos de nuestra pasión un punto de encuentro.

A Julita y Petri, por tantos desayunos juntos. Y a Patry, mi peluquera; mi pelo nació para tus manos.

A mis inspiraciones, pues mi vida sin su trabajo hubiera perdido sentido. Ellos también son lo que soy: A Amaia e Idoia Montero, Albert Espinosa, Joaquín Sabina, Irene X, Leiva y Elvira Sastre. A Zahara, Andrés Suárez, María Villalón, Xabi San Martín, J.M. Barrie, Lewis Carroll, Van Gogh, Dalí y Tim Burton. Y tantos otros por descubrir.

A Javier Ruescas, por verme cuando era invisible.

A Víctor, por ser el niño que me enseñó a tomar café.

A Marcos (*The World In Neon*), por soñar con todo aquello que no pudo ser escrito.

A autoras como Andrea Tomé, Alice Kellen, Laia Soler, Anabel Botella o Alba Quintas por su cariño a mi sueño. Gracias por el apoyo.

También a (*Sweet*) Sara, Yarde, Alicia, Bella, Sammy, Roci y Pablo por guardar las palabras. Son auténticos para mí.

A los niños perdidos de Twitter.

Al Chico de las Estrellas (mi «yo valiente»), por atreverse a contar nuestra historia con todas sus consecuencias. Por seguir *escriviviendo* con botas plateadas muchos años más.

Y a ti, duendecillo, por hacerme realidad. Por haber seguido a pies juntillas mis palabras, por creer en mí, por seguir creando y por volvernos a encontrar...

¿Sin duda alguna?

Una aventura emocionante.

Gracias.

ÍNDICE